普通高等教育"十一五"规划教材

PUTONG GAODENG JIAOYU SHIYIWU GUIHUA JIAOCAI

AutoCAD2007 JIXIE HUITU
SHIYONG JIAOCHENG

AutoCAD2007
机械绘图实用教程

主　编　李迎春

副主编　李　华　　刘万强

编　写　程　琛　　徐　芳

　　　　张海英　　谢建军

主　审　于春艳

中国电力出版社

http://jc.cepp.com.cn

内 容 提 要

本书为普通高等教育"十一五"规划教材。

本书采用由浅入深、理论结合实践的方式介绍了 AutoCAD 2007 的二维绘图功能。全书共八章，主要讲述了 AutoCAD 2007 的基本操作，计算机绘图环境设置、绘图与编辑命令，图形显示控制、文字输入和图形编辑，辅助绘图工具及目标查询，特性修改与夹点编辑，标注样式的设置与尺寸标注，图块及其属性和注写技术要求，绘制零件图和装配图等内容。本书注重实用性及 CAD 的绘图技巧，语言通俗易懂。

本书可作为本科及高职高专院校 AutoCAD 教学的教材，也可供初中级 AutoCAD 用户和工程技术人员参考。

图书在版编目（CIP）数据

AutoCAD 2007 机械绘图实用教程/李迎春主编. —北京：中国电力出版社，2009

普通高等教育"十一五"规划教材

ISBN 978－7－5083－7517－5

Ⅰ. A… Ⅱ. 李… Ⅲ. 机械制图：计算机制图—应用软件，AutoCAD 2007—高等学校—教材 Ⅳ. TH126

中国版本图书馆 CIP 数据核字（2008）第 195548 号

中国电力出版社出版、发行

（北京三里河路 6 号 100044 http://jc.cepp.com.cn）

北京市同江印刷厂印刷

各地新华书店经售

*

2009 年 2 月第一版 2009 年 2 月北京第一次印刷

787 毫米×1092 毫米 16 开本 10.75 印张 255 千字

定价 18.00 元

前　言

为贯彻落实教育部《关于进一步加强高等学校本科教学工作的若干意见》和《教育部关于以就业为导向深化高等职业教育改革的若干意见》的精神，加强教材建设，确保教材质量，中国电力教育协会组织制订了普通高等教育"十一五"教材规划。该规划强调适应不同层次、不同类型院校，满足学科发展和人才培养的需求，坚持专业基础课教材与教学急需的专业教材并重、新编与修订相结合。本书为新编教材。

美国 Autodesk 公司开发的 AutoCAD 是目前国内外应用最广泛的计算机辅助绘图和设计软件包。它具有功能强、适用面广、易学易用、便于二次开发等特点，现广泛应用于机械、建筑、电子、航天、造船、石油化工等多个领域。

本书主要介绍 AutoCAD 2007 的二维绘图功能，以大中专院校学生或初学 CAD 的工程技术人员为对象。编者在总结多年从事 CAD 教学经验的基础上精心编写而成的。本书主要讲述了 AutoCAD 的基本操作，计算机绘图环境设置、绘图与编辑命令，图形显示控制、文字输入和图形编辑，辅助绘图工具及目标查询，特性修改与夹点编辑，标注样式的设置与尺寸标注，图块及其属性和注写技术要求，绘制零件图和装配图等内容。本书在讲述的过程中注重实用性及 CAD 的绘图技巧，针对学生在学习过程中经常遇到的一些问题加以重点讲解，并配有大量的插图方便读者阅读。在整体编排上，每一章都将几种命令组合在一起讲授，并且将一些常用命令放在前面介绍，使读者在上机练习时能综合运用本章所学内容完成相应的练习。

本书兼顾课堂教学与上机实践，主要有以下几个方面的特点。

（1）本书既可以按一门独立课程集中讲授，也可以将书中八章内容穿插在工程图学课程中分散讲授。

（2）每章都安排有配合讲课内容的上机实践内容，可使学生通过练习更加深入地掌握本章节所讲授的内容，进而巩固学习成果。

（3）命令行全程解释，并且在命令行中出现的操作步骤提示采用不同字体加以区别，以方便读者学习。

（4）在讲解的同时更注重实用性，书中汇集了很多教师和设计人员在实践中积累的绘图技巧。

本书内容由浅入深，结合实际，语言通俗易懂，读者通过学习和上机操作可以掌握 AutoCAD 2007 的绘图方法和技巧，可以熟练地利用 AutoCAD 2007 绘制机械工程图样。

本书由河南科技大学李迎春任主编，李华、刘万强任副主编。参加编写的有李迎春（前言、第八章、附录），徐芳（第一章）、谢建军（第二章）、刘万强（第三章）、张海英（第四章、第五章）、程琛（第六章）、李华（第七章）。

本书由长春工程学院于春艳教授主审，并提出了宝贵的修改意见，在此表示感谢。

由于编者水平有限，书中难免有疏漏和不足之处，恳请广大读者批评指正。

编　者

2008 年 10 月

目　录

前言

第一章　AutoCAD 2007 的基本操作 ……………………………………………… 1

第一节　AutoCAD 2007 的工作界面 ………………………………………… 1

第二节　坐标系及坐标输入 ……………………………………………………… 6

第三节　动态输入 ………………………………………………………………… 8

第四节　设置捕捉对象和对象捕捉工具条 …………………………………… 9

第五节　基本绘图命令 …………………………………………………………… 11

第六节　基本的图形编辑命令 …………………………………………………… 16

第七节　图形文件管理 …………………………………………………………… 29

第八节　上机实践 ………………………………………………………………… 32

第二章　计算机绘图环境设置、绘图与编辑命令 ……………………………… 34

第一节　设置绘图单位 …………………………………………………………… 34

第二节　设置绘图界限 …………………………………………………………… 35

第三节　图层的设置与管理 ……………………………………………………… 35

第四节　绘图命令 ………………………………………………………………… 42

第五节　图形编辑命令 …………………………………………………………… 50

第六节　上机实践 ………………………………………………………………… 54

第三章　图形显示控制、文字输入和图形编辑 ………………………………… 55

第一节　图形显示控制 …………………………………………………………… 55

第二节　文字样式设置与文本输入 ……………………………………………… 57

第三节　图形编辑 ………………………………………………………………… 63

第四节　上机实践 ………………………………………………………………… 68

第四章　辅助绘图工具及目标查询 ……………………………………………… 70

第一节　辅助绘图工具 …………………………………………………………… 70

第二节　目标查询 ………………………………………………………………… 75

第三节　上机实践 ………………………………………………………………… 77

第五章　特性修改与夹点编辑 …………………………………………………… 78

第一节　特性的修改 ……………………………………………………………… 78

第二节　夹点编辑 ………………………………………………………………… 81

第三节　上机实践 ………………………………………………………………… 84

第六章　标注样式的设置与尺寸标注 …………………………………………… 86

第一节　设置符合国家标准的尺寸标注样式 ………………………………… 86

第二节　创建尺寸替代样式 ……………………………………………………… 95

第三节　尺寸标注命令 …………………………………………………………… 98

第四节　尺寸编辑命令 ……………………………………… 103

第五节　上机实践 …………………………………………… 105

第七章　图块及其属性和注写技术要求 ……………………… 107

第一节　图块 ………………………………………………… 107

第二节　图块的属性 ………………………………………… 119

第三节　标注表面粗糙度 …………………………………… 123

第四节　标注尺寸公差 ……………………………………… 126

第五节　标注形位公差 ……………………………………… 128

第六节　上机实践 …………………………………………… 130

第八章　绘制零件图和装配图 ………………………………… 132

第一节　绘制零件图 ………………………………………… 132

第二节　绘制装配图 ………………………………………… 136

第三节　上机实践 …………………………………………… 154

附录 ……………………………………………………………… 158

参考文献 ………………………………………………………… 163

第一章 AutoCAD 2007 的基本操作

AutoCAD 是由美国 Autodesk 公司开发的交互式计算机辅助绘图软件，该软件具有完整的二维绘图功能、编辑功能和强大的三维造型功能，现广泛用于机械、建筑、纺织、电子、石油化工等多个领域。

第一节 AutoCAD 2007 的工作界面

一、初始界面

AutoCAD 2007 为用户提供了两种工作空间："AutoCAD 经典"工作空间和"三维建模"工作空间，其经典工作空间用户界面如图 1-1 所示。该界面主要由标题栏、菜单栏、工具栏、绘图区、滚动条、命令行窗口、状态栏等几个部分组成。

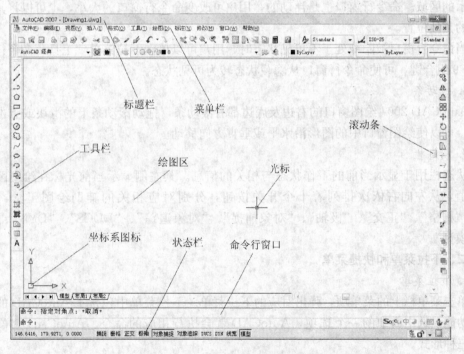

图 1-1 AutoCAD 2007 的初始界面

1. 标题栏

标题栏位于界面的顶部，如图 1-2 所示。标题栏的左侧显示本软件的名称，方括号内为当前正在操作的文件名称及存储路径，"Drawing1"是系统默认的文件名。标题栏右侧是一组控制按钮，分别是最小化、最大化、关闭按钮。通过这三个按钮，用户可以让当前的应用程序仅显示应用程序的名称或以整个屏幕区域进行显示，也可以直接通过"关闭"按钮关闭 AutoCAD。

図1-2　标题栏

2. 绘图区

界面内的空白区域为绘图区，在默认情况下，绘图区背景颜色为黑色，用户在此绘制和编辑图形。绘图区实际上是无限大的，用户可以通过缩放、平移等命令来观察绘图区中的图形。

3. 坐标系图标

在绘图区左下角显示一坐标系图标，默认情况下，坐标系为世界坐标系（WCS）。

4. 光标

当光标位于作图窗口时为十字形状，其交点为十字光标在当前坐标系中的位置；当光标位于其他区域时变为空心箭头。

5. 命令行窗口

命令行窗口位于绘图区的下方，是 AutoCAD 进行人机交互、输入命令、显示相关信息与提示的区域。命令行窗口也是浮动的，用户可改变命令行窗口的大小，也可以将其拖动到屏幕的其他位置。

当命令行窗口被隐藏处于不可见状态时，用户可以单击下拉菜单"工具—命令行"或按Ctrl＋9组合键，可使命令行窗口从隐藏状态转为可见状态。

6. 滚动条

AutoCAD 2007 绘图窗口的右边及底边都有滚动条，拖动滚动条上的滑块或点击两端的箭头，可以使绘图窗口中的图形沿水平或垂直方向移动。

7. 状态栏

状态栏用于显示当前的工作状态与相关的信息。其左侧显示当前光标在绘图区位置的坐标值，从左向右依次排列着十个开关按钮，分别对应相关的辅助绘图工具，即"捕捉"、"栅格"、"正交"、"极轴"、"对象捕捉"、"对象追踪"、"DUCS"、"DYN"、"线宽"和"模型"。

二、下拉菜单和快捷菜单

1. 下拉菜单

单击菜单栏上的菜单项，弹出对应的下拉菜单。下拉菜单中包含了 AutoCAD 的核心命令和功能，选中其中的一个选项，AutoCAD 就会执行相应的命令。AutoCAD 菜单选项有以下三种形式。

（1）在下拉菜单中，菜单项后面带有三角形标记 ▶，选取这种菜单项后，将弹出二级子菜单，用户可在子菜单中作选择。

（2）菜单项后面带有省略号标记"…"，选取这种菜单项后，AutoCAD 将弹出一个对话框，用户可在该对话框中作进一步操作。

（3）单独的菜单项，则直接执行相应命令。

2. 快捷菜单

为了方便用户操作，AutoCAD 提供了快捷菜单。当单击鼠标右键时，在光标的位置上将弹出快捷菜单。快捷菜单提供的命令选项与光标所在的位置及 AutoCAD 的当前状态有关。例如，将光标分别放在绘图区域、工具栏或状态栏上再单击鼠标右键，打开的快捷菜单是不同的。图 1-3 所示为在绘图区域单击鼠标右键时弹出的快捷菜单；图 1-4 所示为在状态栏区域单击鼠标右键时弹出的快捷菜单；图 1-5 所示为在工具栏区域单击鼠标右键时弹出的快捷菜单。此外，如果 AutoCAD 正在执行某一命令或用户事先选取了任意实体对象，也将显示不同的快捷菜单。

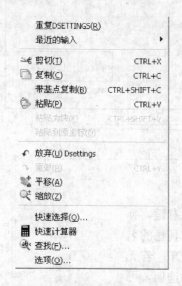

图 1-3　绘图区域的快捷菜单

图 1-4　状态栏的快捷菜单

图 1-5　工具栏的快捷菜单

三、对话框

在菜单项中，如果后面跟有省略符号"…"，表示执行该菜单项命令后，将会弹出一个对话框，让用户做进一步的选择。例如，点击菜单"格式—文字样式…"后，将会自动弹出"文字样式"对话框，如图 1-6 所示，用户可以在该对话框中进行文字样式的设置。

四、工具栏

工具栏提供了访问 AutoCAD 命令的快捷方式，它包含了许多命令按钮，用户只需单击工具栏中的某一个按钮，AutoCAD 就会快速执行相应命令。在工具栏中，有些按钮是单一型的，有些则是嵌套型的（按钮图标右下角带有小黑三角形）。在嵌套型按钮上按住鼠标左键，将弹出嵌套的命令按钮，如图 1-7 所示。

AutoCAD 2007 提供了很多工具栏。在默认状态下，AutoCAD 仅显示"标准"、"样式"、"图层"、"对象特性"、"绘图"、"修改"等工具栏。其中，前四个工具栏放在绘图区域的上边，后两个工具栏分别放在绘图区域的左边及右边。用户可以根据自己的需要将工具栏移动到窗口的其他位置，也可以改变工具栏的形状。

除了可以移动工具栏及改变其形状外，用户还可以根据需要添加或隐藏工具栏，有如下两种方法。

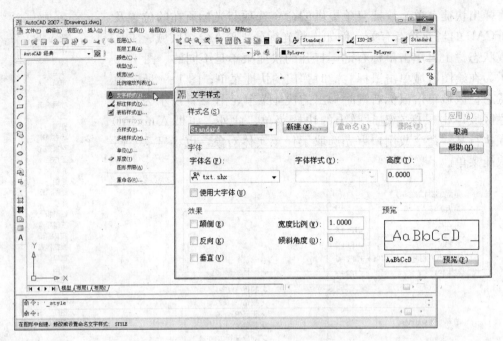

图1-6 "文字样式"对话框

（1）移动鼠标光标在任意一个工具栏上，单击鼠标右键，弹出如图1-8所示的快捷菜单，在该菜单上列出了所有工具栏的名称。若名称前带有"√"标记，则表示该工具栏已打开；若无"√"标记，则表示该工具栏已关闭。选取菜单上的某一选项，可打开或关闭相应的工具栏。

（2）点击"工具—自定义—界面"，或单击下拉菜单"视图—工具栏"或在工具栏快捷菜单中选择"自定义"，均可弹出"自定义用户界面"对话框。点击对话框左上角的"自定义"选项卡，在下面的"所有自定义文件"窗口中用鼠标左键点击"工具栏"选项，此时在"工具栏"子目录下会出现"标注"、"样式"、"图

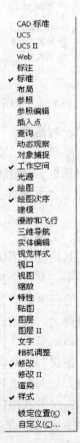

图1-7 嵌套型按钮　　　　　　　　　　　　　图1-8 工具栏快捷菜单

层"、"绘图"、"修改"等选项，如图1-9所示。例如，要添加"图层"工具栏，先用左键点击"图层"选项，在"特性"窗口中，选择"默认打开"方式为显示，如图1-10所示；然后点击"自定义用户界面"对话框中左上角的"传输"选项卡，弹出"主 CUI 中的自定义"、"新建 CUI 文件中的自定义"窗口。在"主 CUI 中的自定义"窗口中，选取"工具栏"子目录下的"图层"选项，并拖到"新建 CUI 文件中的自定义"窗口下的"工具栏"选项下面的位置，如图1-11所示。单击"确定"按钮，则"图层"工具栏就被添加到 AutoCAD 的主界面。

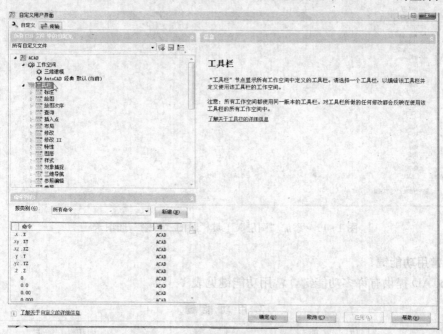

图1-9　"自定义用户界面"对话框

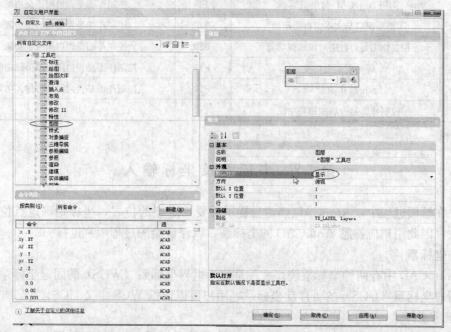

图1-10　添加"图层"工具栏时的"自定义"选项卡

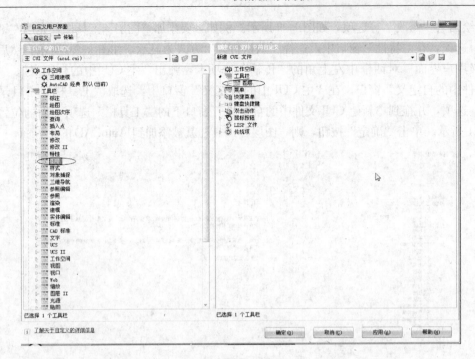

图 1-11 添加"图层"工具栏时的"传输"选项卡

五、常用功能键

AutoCAD 提供有许多功能键，常用功能键见表 1-1。

表 1-1   常 用 功 能 键

键	功　　　能	键	功　　　能
F1	调用 AutoCAD 帮助对话框	F8	控制作图是否启用正交功能
F2	图形窗口与文本窗口切换	F9	控制作图是否启用捕捉功能
F3	控制作图是否启用对象捕捉功能	F10	控制作图是否启用极轴功能
F5	等轴测平面切换	F11	控制作图是否启用对象追踪功能
F6	允许/禁止动态 UCS	F12	控制作图是否启用动态输入功能
F7	控制作图是否启用栅格功能		

第二节 坐 标 系 及 坐 标 输 入

用户在绘图过程中，AutoCAD 经常会提示需要确定点的位置，坐标是确定点位置的最基本方法，因此用户应熟悉 AutoCAD 的坐标系，以保证绘图过程顺利进行。

一、坐标系

在 AutoCAD 中有两种坐标系统，一种是称为世界坐标系（WCS）的固定坐标系，一种是称为用户坐标系（UCS）的可移动坐标系，用户可以依据 WCS 定义 UCS。

1. 世界坐标系

开始一个新图时，在默认状态下，使用的是世界坐标系（WCS），如图 1-12 所示。这

个坐标系由水平的 X 坐标轴、垂直的 Y 坐标轴以及垂直于 X—Y 平面
的 Z 轴组成，坐标原点位于绘图区的左下角，X 箭头指向 X 轴的正方
向，Y 箭头指向 Y 轴的正方向，该坐标系是固定不变的，因此，WCS
不能被重新定义，并且其他的用户坐标系（UCS）都是在 WCS 的基础
上产生的。

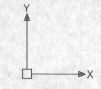

图 1-12　坐标系图标

2. 用户坐标系

世界坐标系是固定的，不能改变，用户在绘图时可能会感到不便，为此 AutoCAD 为用
户提供了可以在 WCS 上任意定义的坐标系，称为用户坐标系（UCS）。用户坐标系是用户
自己建立的坐标系，默认情况下和 WCS 重合，用户坐标系的原点可以移动，坐标轴也可以
旋转。

二、坐标输入

在 AutoCAD 中，可以通过输入绝对坐标和相对坐标的方式来定位点，包括绝对直角坐
标、相对直角坐标、绝对极坐标、相对极坐标。

1. 绝对直角坐标的输入

当已知点的 X 和 Y 坐标值时，可用绝对直角坐标输入。

输入格式：X，Y

例如："20，30"表示该点相对于原点（0，0）的绝对直角坐标值为（20，30）。

注意：X 与 Y 坐标值之间用","分隔，该","是在英文状态下输入的逗号。

2. 相对直角坐标的输入

当已知要确定的点和前一个点的相对位置时，可使用相对直角坐标输入。相对坐标值是
点至图中已产生的最后一个点在 X 和 Y 方向上的增量。

输入格式：@X，Y

例如："@20，30"表示该点相对于前一点 X 轴正方向的位移增量为 20，Y 轴正方向的
位移增量为 30。

注意：相对坐标值前必须加前缀符号"@"，沿 X、Y 轴正方向增量为正，反之为负。

3. 绝对极坐标的输入

绝对极坐标是输入点到坐标系原点连线的长度以及连线与 X 轴正向的夹角。

输入格式：长度＜夹角

例如："100＜60"表示该输入点到坐标系原点（0，0）连线的长度为 100，且该连线与
X 轴正向的夹角为 60°。

4. 相对极坐标的输入

相对极坐标是输入点到图中已产生的最后一点的连线的长度以及连线与 X 轴正向的
夹角。

输入格式：@长度＜夹角

例如："@100＜60"表示该输入点到图中已产生的最后一点的连线的长度为 100，且该
连线与 X 轴正向的夹角为 60°。

默认情况下零度方向与 X 轴的正方向一致，角度值以逆时针方向为正，顺时针为负。

注意：在输入极坐标时，长度和角度中间用符号"＜"隔开。在输入相对极坐标时，还
要加前缀符号"@"。

第三节　动　态　输　入

动态输入是在光标附近提供了一个命令界面，使用户可以专注于绘图区域。单击状态行上的"DYN"按钮或按 F12 键，即可打开动态输入功能。启用动态输入后，工具栏提示将在光标

附近显示信息，该信息会随着光标移动而动态更新，动态输入包括指针输入、标注输入和动态提示这三项功能。动态输入的有关设置可以在"草图设置"对话框的"动态输入"选项卡中完成，如图 1-13 所示。若要打开"动态输入"选项卡，可采用以下三种方式调用。

（1）下拉菜单：单击"工具—草图设置"。

（2）命令行：DSettings 或 DS。

（3）状态行：在状态行"DYN"按钮上单击鼠标右键，在弹出的快捷菜单中选择"设置"项，可以直接打开"草图设置"对话框的"动态输入"选项卡。

图 1-13　"草图设置"对话框中的"动态输入"选项卡

一、指针输入

启用指针输入功能后，在绘图区域中移动光标时，光标附近的工具栏提示显示为坐标，如图 1-14 所示。用户可以在工具栏提示中输入坐标值，并用 Tab 键在几个工具栏提示中切换。需要注意的是，在指定点时，第一个坐标是绝对坐标，第二个及后续点的默认格式为相对极坐标，不需要输入"@"符号，如果需要输入绝对坐标，可以加上前缀"#"号。例如，要将对象移到原点，可在提示输入第二个点时，输入"#0，0"。通过"指针输入设置"对话框可以修改坐标的默认格式，以及控制指针输入工具栏提示何时显示。

图 1-14　指针输入

二、标注输入

启用标注输入功能后，当命令提示输入第二点时，工具栏提示中的距离和角度值将随着光标的移动而改变，如图 1-15 所示。用户可以在工具栏提示中输入距离和角度值，并用 Tab 键在它们之间切换。

三、动态提示

启用动态提示后，在光标附近会显示命令提示而不是在命令行，如图 1-16 所示。用户可以使用键盘上"↓"键显示命令的其他选项，然后在工具栏的提示下对提示做出响应。

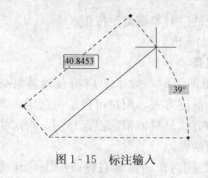

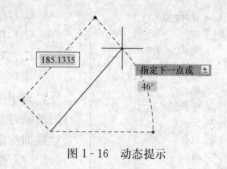

图 1-15　标注输入　　　　　　　　　　　　图 1-16　动态提示

第四节　设置捕捉对象和对象捕捉工具条

对象捕捉是 AutoCAD 中最为重要的工具之一，利用此工具用户在绘图时，光标可以自动捕捉一些特征点，如直线的端点、中点，圆及圆弧的圆心点，直线与圆弧、圆弧与圆弧的切点等，这给用户绘图带来了极大的方便。

一、设置捕捉对象

用户在绘制和编辑图形时，常常会用到多种对象捕捉方式。在 AutoCAD 中，可通过"草图设置"对话框预设置多种捕捉模式，设置捕捉模式可通过以下几种方式。

（1）下拉菜单：单击"工具—草图设置"。

（2）命令行：OSNAP 或 OS。

（3）图标：单击"对象捕捉"工具栏中的"对象捕捉设置"按钮 。

（4）状态栏：在状态行"捕捉"、"栅格"、"极轴"、"对象捕捉"、"对象追踪"或 DYN 按钮上单击鼠标右键，在弹出的快捷菜单中选择"设置"项，都可以打开"草图设置"对话框，再选择"对象捕捉"选项卡，如图 1-17 所示。

用户可以根据绘制图形的需要，在"对象捕捉模式"选项组中将需要设置的捕捉方式的复选框选中，如端点、圆心、交点等，然后单击"确定"按钮。但捕捉方式不宜选择太多，一般只选中常用的几个捕捉方式，一些不常用的捕捉方式可以使用临时对象捕捉。

完成设置后只要将对象捕捉功能打开，那么当系统提示用户指定点时，将光标移动到欲捕捉的目标点附近，AutoCAD 就可以捕捉到该特殊点，即所谓的自动对象捕捉。"对象捕捉"功能打开或关闭的方法有以下三种。

（1）在"对象捕捉"选项卡中，选择"启用对象捕捉"复选框。

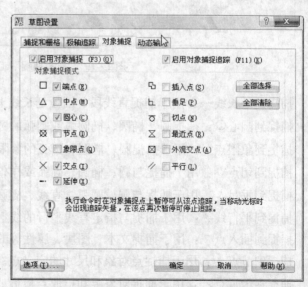

图 1-17　"草图设置"对话框中的"对象捕捉"选项卡

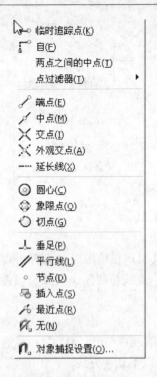

图 1-18 "对象捕捉"
快捷菜单

（2）单击状态行上的"对象捕捉"按钮。

（3）按 F3 键或 Ctrl＋F。

二、对象捕捉工具条

　　用户在绘制和编辑图形时，除了要应用自动对象捕捉外，对于一些不常用的捕捉方式，用户可以临时指定，即所谓的临时对象捕捉。该方式只对该指定点起作用，指定临时对象捕捉常用的方法有两种。

　　（1）按住 Shift 键的同时单击鼠标右键或按住 Ctrl 键的同时单击鼠标右键，弹出如图 1-18 所示的"对象捕捉".快捷菜单。

　　（2）用鼠标右键单击任意一个工具栏，在弹出的快捷菜单上单击"对象捕捉"选项，即可弹出如图 1-19 所示的"对象捕捉"工具栏，然后单击该工具栏中相应的图标按钮。

　　临时追踪点：用于捕捉临时追踪点，并沿某一追踪方向定点。

　　捕捉自：用于捕捉与指定基准点有一定偏移的点。

　　捕捉到端点：用于捕捉直线段、圆弧或多段线等的端点。

捕捉到中点：用于捕捉直线段、圆弧或多段线等的中点。

捕捉到交点：用于捕捉两图元（包括直线、圆、圆弧、椭圆、椭圆弧、多段线、样条曲线等）的交点。

捕捉到外观交点：用于捕捉三维空间两交叉对象的视图交点。

图 1-19 "对象捕捉"工具栏

捕捉到延长线：用于捕捉直线段、圆弧延长线上的点。

捕捉到圆心：捕捉圆、椭圆、椭圆弧或圆弧的圆心。

捕捉到象限点：用于捕捉圆、椭圆和圆弧的象限点即 0°、90°、180°、270°。

捕捉到切点：用于捕捉与圆、椭圆、圆弧或样条曲线相切的点。

捕捉到垂足：用于捕捉与圆、圆弧、直线、椭圆等垂直的点。

捕捉到平行线：用于捕捉与指定直线平行的线上的点。

捕捉到插入点：用于捕捉文本、图块、属性等的插入点。

捕捉到节点：用于捕捉点对象和尺寸的定义点。

捕捉到最近点：用于捕捉对象上和拾取点最近的点。

无捕捉：禁止对当前选择执行对象捕捉。

对象捕捉设置 ：设置执行自动对象捕捉模式。

注意，对象捕捉不是命令，只有在系统提示指定点时才有用。

说明：临时对象捕捉模式仅对当前操作有效，命令结束后，捕捉模式将自动关闭；用自动对象捕捉方式来定位点，AutoCAD 将根据事先设定的捕捉类型自动寻找几何对象上相应的点。在操作时一般优先采用临时对象捕捉方式。

第五节 基本绘图命令

二维图形是 AutoCAD 的绘图基础，要想熟练地绘制二维图形，就要掌握基本的绘制方法和技巧。在 AutoCAD 中，可通过"绘图"工具栏上的按钮（见图 1 - 20）、"绘图"下拉菜单中的命令或绘图命令来绘制二维图形。

图 1 - 20 "绘图"工具栏

一、绘制直线

1. 启动命令

(1) 工具栏：单击"绘图"工具栏中的"直线"按钮。

(2) 下拉菜单：单击"绘图—直线"。

(3) 命令行："L"或"Line"↙。

2. 操作步骤

执行命令后，命令行提示：

指定第一点：   （指定直线的起始点）

指定下一点或［放弃（U）］：   （输入下一点或输入 u）

指定下一点或［放弃（U）］： （回车，结束直线的绘制。若输入 u，回车，将取消刚绘
                                              制的一段直线）

注意：如果是绘制一系列首尾相连的直线段，在上述操作步骤的第 3 步不回车，继续输入点的坐标。当命令提示为"指定下一点或［闭合（C）/放弃（U）]"，若输入 c，回车，则首点和末点自动连接起来，形成封闭图形。

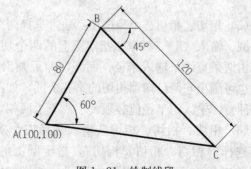

图 1 - 21 绘制线段

【例 1 - 1】 绘制如图 1 - 21 所示图形。

方法一：

命令：_ Line   （启动画直线命令）

指定第一点：100，100↙   （输入 A 点的绝对直角坐标）

指定下一点或［放弃（U）］：@80＜60✓   （输入 B 点的相对极坐标）

指定下一点或［放弃（U）］：@120＜−45✓   （输入 C 点的相对极坐标）

指定下一点或［闭合（C）/放弃（U）］：c✓   （封闭图形，结束"直线"命令）

方法二：利用动态输入功能绘制图形。

（1）单击状态行上的"DYN"按钮使其凹下，打开"动态输入"功能。

（2）执行"直线"命令。

（3）在工具栏提示中输横坐标值100，按 Tab 键，再输纵坐标值100，回车。

（4）在工具栏提示中输入距离值80，按 Tab 键，再输入角度值60，回车。

（5）在工具栏提示中输入距离值120，按 Tab 键，再输入角度值−45，回车。

（6）打开"对象捕捉"按钮，用"直线"命令连接 A 点和 C 点，回车。

二、绘制圆

1. 启动命令

（1）工具栏：单击"绘图"工具栏中的"画圆"按钮⊙。

（2）下拉菜单：单击"绘图—圆"。

（3）命令行："C"✓。

执行画圆命令后，在命令行出现画圆方式的提示，AutoCAD 提示有六种画圆方式，用户可根据需要选择不同的方式。系统默认的画圆方式为指定圆心，给出半径画圆；若用户选其他画圆方式，则需要在提示状态下输入不同的代号。

2. 画圆的方式及操作步骤

（1）圆心、半径选项：指定圆心、输入半径、回车，完成操作，如图 1 - 22（a）所示。

（2）圆心、直径选项：指定圆心、输入直径符号"D"、回车、输入直径、回车、完成操作，如图 1 - 22（b）所示。

（3）三点（3P）选项：根据圆周上的三个点来画圆。输入"3P"、回车、指定圆上的三个点，完成操作。如图 1 - 22（c）所示捕捉三角形的三个顶点即可画出其外接圆。

（4）两点（2P）选项：根据圆直径的两个端点来画圆。输入"2P"、回车、指定圆上的两个点，完成操作。如图 1 - 22（d）所示捕捉直线上的两个端点即可画出以该直线为直径的圆。

（5）相切、相切、半径选项：通过选择两个对象（直线、圆弧或其他的圆）和指定半径来画圆。输入"T"、回车、指定圆上的两个切点、输入半径、回车、完成操作。用鼠标分别点击两条直线，输入半径、回车，即可画出与两已知直线相切的圆，如图 1 - 22（e）所示；也可画出与两已知圆相切的第三个圆，如图 1 - 22（f）所示。

注意：输入的半径值必须大于或等于两相切对象之间最小距离的一半。

（6）相切、相切、相切选项：选择三个对象与圆相切画圆。打开下拉菜单"绘图—圆"选择"相切、相切、相切"，指定圆上的三个切点，完成操作。用鼠标分别点击三角形的三条边，即可画出其内切圆，如图 1 - 22（g）所示；也可画出与直线和圆相切的圆，如图 1 - 22（h）所示；或画出与三个已知圆相切的第四个圆，如图 1 - 22（i）所示。

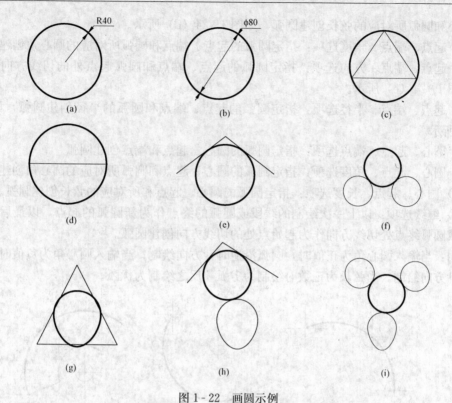

图 1-22 画圆示例

(a) 圆心、半径；(b) 圆心、直径；(c) 三点；(d) 两点；(e) 两切点半径Ⅰ；

(f) 两切点半径Ⅱ；(g) 三切点Ⅰ；(h) 三切点Ⅱ；(i) 三切点Ⅲ

三、绘制圆弧

1. 启动命令

（1）工具栏：单击"绘图"工具栏中的"圆弧"按钮 🗋。

（2）下拉菜单：单击"绘图—圆弧"。

（3）命令行："ARC"或"A" ✓。

圆弧的绘制可以通过选择不同选项组合成 11 种不同的方式，也可以直接在如图 1-23 所示的下拉菜单中选择并绘制圆弧。

2. 画圆弧的方式及操作步骤

（1）三点选项（P）：指定圆弧的起点、圆弧上的某一点和圆弧端点创建圆弧，如图 1-24（a）所示。这是默认的绘制方法，也是最常用的方法。

（2）起点、圆心、端点选项：指定圆弧的起点、圆心和端点创建圆弧，如图 1-24（b）所示。

（3）起点、圆心、角度选项：指定圆弧的起点、圆心和圆弧所对应的圆心角创建圆弧，如图 1-24（c）所示。

（4）起点、圆心、长度选项：指定圆弧的起

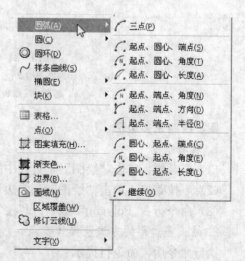

图 1-23 绘制圆弧下拉菜单

点、圆心和圆弧所对应的弦长创建圆弧，如图 1-24（d）所示。

（5）起点、端点、角度选项：指定圆弧的起点、端点和圆弧所对应的圆心角创建圆弧。

（6）起点、端点、方向选项：指定圆弧的起点、端点和圆弧起点外的切线方向创建圆弧，如图 1-24（e）所示。

（7）起点、端点、半径选项：指定圆弧的起点、端点和圆弧的半径创建圆弧，如图 1-24（f）所示。

（8）圆心、起点、端点选项：指定圆弧的圆心、起点和端点创建圆弧。

（9）圆心、起点、角度选项：指定圆弧的圆心、起点和圆弧所对应的圆心角创建圆弧。

（10）圆心、起点、长度选项：指定圆弧的圆心、起点和所对应的弦长创建圆弧。

（11）继续选项：以上一次绘制的线段或圆弧的终点作为新圆弧的起点，以最后所绘线段方向或圆弧终点处切线方向作为起始点处的切线方向创建圆弧。

说明：当输入圆心角为正值时，圆弧沿逆时针方向绘制；当输入圆心角为负值时，圆弧沿顺时针方向绘制。当弦长为正数时绘制为劣弧，反之绘制为优弧。

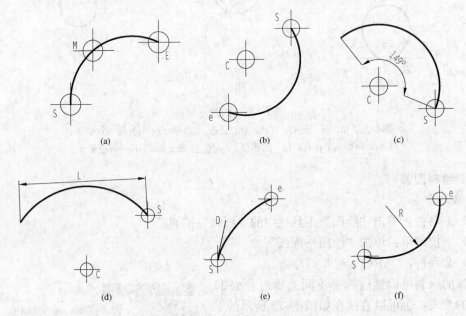

图 1-24　不同方式绘制圆弧

（a）三点；（b）起点、圆心和端点；（c）起点、圆心和角度；（d）起点、圆心和长度；
（e）起点、端点和方向；（f）起点、端点和半径

四、绘制正多边形

1. 启动命令

（1）工具栏：单击"绘图"工具栏中的"正多边形"按钮⬡。

（2）下拉菜单：单击"绘图—正多边形"。

（3）命令行："Polygon"或"Pol"↙。

2. 画正多边形的方式及操作步骤

执行命令后，命令行提示：

命令：_Polygon 输入边的数目〈4〉：　　　　　　　　　　　（指定所画正多边形的边数）

指定正多边形的中心点或 [边（E）]：（指定正多边形中心点或通过指定正多边形的边长方式来绘制正多边形）

（1）内接于圆（I）选项。

用户指定从正多边形中心点到正多边形顶点的距离，这就定义了一个圆的半径，所画的正多边形内接于此圆。

用内接于圆的方式绘制图 1-25（a）中的正六边形的步骤如下：

命令：_Polygon 输入边的数目〈4〉：6　　　　　　　　　　（输入正多边形的边数 6）

指定正多边形的中心点或 [边（E）]：　　　　　　　　　　（在屏幕上指定中心点 A）

输入选项 [内接于圆（I）/外切于圆（C）]〈I〉：（直接回车表示选择默认首选项〈I〉，它为内接圆正多边形方式）

指定圆的半径：80　　　　　　　　　　　　　　　　　　　（输入外接圆半径 80）

（2）外切于圆（C）选项。

用户指定从正多边形中心点到正多边形一边中点的距离，这就定义了一个与所画的正多边形相内切的圆。

用外切于圆的方式绘制图 1-25（b）中的正六边形的步骤如下：

命令：_Polygon 输入边的数目〈4〉：6　　　　　　　　　　（输入正多边形的边数 6）

指定正多边形的中心点或 [边（E）]：　　　　　　　　　　（在屏幕上指定中心点 B）

输入选项 [内接于圆（I）/外切于圆（C）]〈I〉：c　　（输入 c，它为外切圆正多边形方式）

指定圆的半径：80　　　　　　　　　　　　　　　　　　　（输入内切圆半径 80）

（3）边长（E）选项。

用户指定从正多边形一条边的两个端点，然后按逆时针方向绘制出其余的边。

用边长方式绘制图 1-25（c）中的正六边形的步骤如下：

命令：_Polygon 输入边的数目〈4〉：6　　　　　　　　　　（输入正多边形的边数 6）

指定正多边形的中心点或 [边（E）]：e　　　　　　　　　　（选择"边"方式）

指定边的第一个端点：　　　　　　　　　　　　　　　　　（指定边长的一端点 A）

指定边的第二个端点：@80<45　　　　　　　　　　　　　（指定边长的另一端点 B）

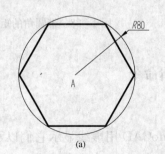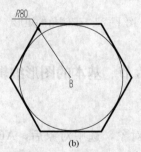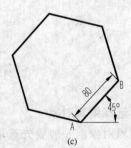

图 1-25　画正多边形示例

（a）内接于圆；（b）外切于圆；（c）边长方式

五、绘制矩形

1. 启动命令

（1）工具栏：单击"绘图"工具栏中的"矩形"按钮口。

（2）下拉菜单：单击"绘图—矩形"。

（3）命令行："Rectang"或"REC"↙。

2. 画矩形的方式及操作步骤

执行命令后，命令行提示：

命令：_ rectang

指定第一个角点或［倒角（C）/标高（E）/圆角（F）/厚度（T）/宽度（W）/］：（指定矩形的第一个角点 A 或输入选项）

指定另一个角点或［面积（A）/尺寸（D）/旋转（R）］：（指定矩形的另一个角点 B，结果如图 1-26 所示）

命令中其他各选项的含义如下。

倒角（C）：用于绘制带有倒角的矩形，如图 1-27 所示。

标高（E）：确定矩形所在的平面高度。缺省情况下，其标高为 0，即矩形在 XY 平面内。

圆角（F）：用于绘制带有圆角的矩形，如图 1-28 所示。

厚度（T）：指定矩形的厚度。用于绘制三维绘图。

宽度（W）：用于设置矩形边线的宽度。

面积（A）：通过指定矩形面积和长度或宽度创建矩形。

尺寸（D）：使用长度和宽度创建矩形。

旋转（R）：设定矩形的旋转角度。

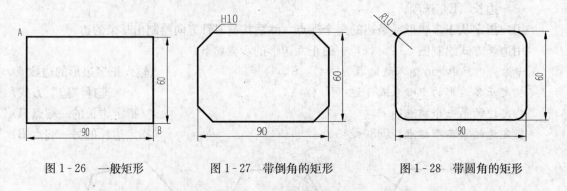

图 1-26　一般矩形　　　　图 1-27　带倒角的矩形　　　　图 1-28　带圆角的矩形

第六节　基本的图形编辑命令

一、选择编辑对象

在编辑对象前一般要先选取对象，选中对象后，AutoCAD 用虚线显示它们以示加亮。常用的选择方法如下：

1. 直接拾取

在选择状态下，AutoCAD 将用一个拾取框代替屏幕十字光标，移动鼠标将拾取框放在要选择的对象上，此时被选中的对象显示为虚线，如图 1-29（a）所示。单击鼠标左键，即完成对象的选择，如图 1-29（b）所示，被选中是正方形。

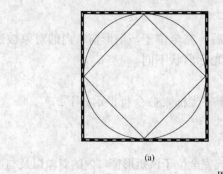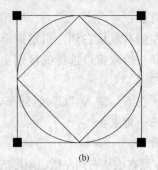

图 1-29 直接拾取

（a）选择前；（b）选择后

2. 拾取窗口选择

在选择状态下，AutoCAD 若用拾取框在屏幕上从左到右指定一个拾取窗口（该窗口显示为实线框），如图 1-30（a）所示，如果待选对象完全在此窗口中，该对象即被选中；否则不被选中。选择后情况如图 1-30（b）所示，包含在拾取窗口内的图形元素被选中。在选择状态下，用拾取框在屏幕上从右到左指定一个拾取窗口（该窗口显示为虚线框），如图 1-31（a）所示，则被该窗口全部或部分包含的对象将全部选中，选择后情况如图 1-31（b）所示。

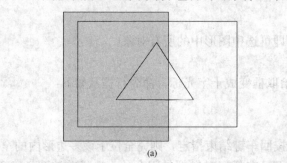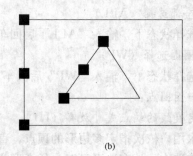

图 1-30 从左到右拾取窗口选择

（a）选择前；（b）选择后

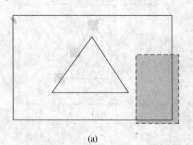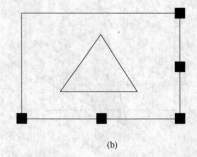

图 1-31 从右到左拾取窗口选择

（a）选择前；（b）选择后

3. 窗口选择（W）

在选择状态下，输入"W"后回车，拾取框变成十字光标，命令行提示如下：

指定第一个角点：

指定对角点：

无论从左到右或从右到左指定矩形的两个对角点后，完全位于该矩形窗口内的对象被选中。窗口选择与拾取窗口选择的区别主要在于两者的光标形状不同。

4. 窗交选择（C）

在选择状态下，输入"C"后回车，拾取框变成十字光标，命令行提示如下：

指定第一个角点：

指定对角点：

无论从左到右或从右到左指定矩形的两个对角点后，完全位于该矩形窗口内的对象以及与窗口边界相交的对象被选中。窗交选择显示的矩形窗口为虚线框，不同于窗口选择显示的实线框。

5. 框选（BOX）

选择矩形窗口内部或与之相交的所有对象。在选择状态下，输入"BOX"后回车，拾取框变成十字光标，命令行提示如下：

指定第一个角点：

指定对角点：

如果矩形窗口的两个对角点是从右向左指定的，框选等同于窗交选择；否则，框选等同于窗口选择。

6. 全部选择（ALL）

在选择状态下，输入"ALL"后回车，即可选中图形中的所有对象。

7. 圈围选择（WP）

在选择状态下，输入"WP"后回车，拾取框变成十字光标，命令行提示如下：

第一圈围点：

指定直线的端点或 ［放弃（U）］：

要求用户依次指定多边形的顶点，直到按回车键结束指定，则完全位于该多边形内的全部对象被选中。该多边形可以为任意形状，而且在任何时候都是闭合的。选择前如图 1-32 （a）所示，选择后三角形的一条边被选中，如图 1-32（b）所示。

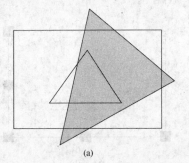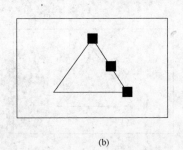

(a)   (b)

图 1-32 "圈围"选择对象

（a）选择前；（b）选择后

8. 圈交选择（CP）

在选择状态下，输入"CP"后回车，拾取框变成十字光标，按照命令行提示依次指定多边形的顶点，则位于该多边形内以及与窗口边界相交的全部对象被选中。同样，该多边形可以为任意形状，而且该多边形在任何时候都是闭合的。

9. 栏选（F）

选择与选择栏相交的所有对象。在选择状态下，输入"F"后回车，拾取框变成十字光标，命令行提示如下：

指定第一个栏选点：

指定下一个栏选点或［放弃（U）］：

要求用户依次指定栏选点，直到按回车键结束指定。"栏选"方法与"圈交"方法有类似之处，但是"栏选"可以不闭合，也可以与自己相交。选择前如图 1-33（a）所示，选择后矩形的四条边被选中，如图 1-33（b）所示。

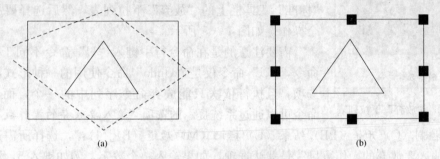

图 1-33　"栏选"选择对象

(a) 选择前；(b) 选择后

10. 快速选择

使用"快速选择"命令可以快速选择具有指定类型或指定属性的图形对象。例如，选择图 1-34（a）中所有半径小于 20mm 的圆，可采用以下步骤：

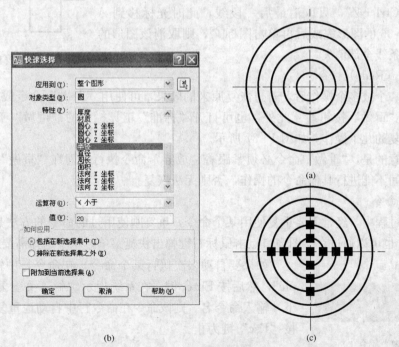

图 1-34　快速选择

(a) 选择前；(b) "快速选择"对话框；(c) 选择后

(1) 选择"工具"下拉菜单中的"快速选择…"命令；

(2) 弹出"快速选择"对话框，具体设置如图 1-34 (b) 所示；

(3) 点击"确定"，选择结果如图 1-34 (c) 所示，所有半径小于 20mm 的圆被选中。

二、放弃、重做、重复、取消、删除

1. 放弃 (Undo) 命令

若要取消之前的单个或多个操作可使用"Undo"命令或单击"标准"工具栏上的"放弃"按钮　。如果想要取消前面执行的多个操作，可反复使用"Undo"命令或反复单击"放弃"按钮　。此外，也可打开"标准"工具栏上的"放弃"下拉列表，然后选择要放弃的几个操作，如图 1-35 所示。

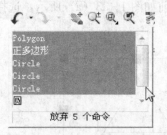

图 1-35 "放弃"下拉列表

需要注意的是在命令行中键入"U"命令不同于"Undo"命令，"U"命令仅是"Undo"命令使用的一种形式，它没有选项，且执行依次只能放弃命令序列中的一个，而"Undo"命令可以通过系统提示的选项"输入要放弃的操作数目或〔自动 (A)/控制 (C)/开始 (BE)/结束 (E)/标记 (M)/后退 (B)〕〈1〉:"，选择所需选项完成操作。"输入要放弃的操作数目"是默认选项，如果输入一个数字，例如键入 5，则放弃最后的五个命令。只有"Undo"命令可以指定数目一次放弃多个操作，而简化命令"U"、"Ctrl＋Z"快捷键一次都只能放弃单个操作。在"标准"工具栏上，单击　列表箭头可以选择要放弃的多个操作，但不能选择放弃任意一个步骤，如图 1-35 所示。

下面以图 1-36 为例进行说明，在命令窗口"指定下一点或〔闭合 (C) 放弃 (U)〕:"的提示下，输入"U"回车或按下快捷键"Ctrl＋Z"，只取消最后一段线，此时光标移到 A 点。当图 1-36 的图形完成后再单击图标　，则取消该图形的操作，即 6 条线全部消失。

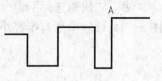

图 1-36 "放弃"的操作

2. 重做 (Redo) 命令

当取消一个或多个操作后，若想恢复原来的效果，可使用"Redo"命令或单击"标准"工具栏上的"重做"按钮　。此外，也可打开"标准"工具栏上的"重做"下拉列表，然后选择要恢复的几个操作，如图 1-37 所示。

需要注意的是，"重做"命令必须紧跟着"放弃"命令执行，即在"重做"命令和"放弃"命令之间不能进行其他命令的操作，否则无法恢复。

3. 重复命令

在绘图过程中，经常需要重复使用某个命令，重复刚使用过的命令的方法是直接按 Enter 键即可。也可以通过在绘图窗口点击鼠标右键弹出快捷菜单，从中选择需要重复的命令。

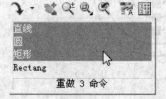

图 1-37 "重做"下拉列表

如果要自动多次执行某个命令，在命令行中输入"Multiple"，然后按 Enter 键，在系统提示"输入要重复的命令名:"下，输入命令名。则该命令在命令行中自动地重复执行，直到按"Esc"键为止。

4. 取消命令

在执行命令或进行其他操作时，有时发现错误需要强制取

消，那么可随时按"Esc"键终止该命令，此时 AutoCAD 又返回到命令行。

5. 删除命令

"Erase"命令用来删除图形对象，要删除一个对象，用户可以用光标先选择该对象，然后单击"修改"工具栏中的"删除"按钮，或键入命令 Erase（简称 E），或单击"修改"下拉菜单中的"删除"。也可先发出删除命令，再选择要删除的对象。

执行命令后，命令窗口提示：

选择对象：

选择要删除的对象，再单击鼠标右键或回车键或空格键，即可完成删除操作。

三、复制、移动、旋转

1. 复制命令

利用"复制"命令可以将选择的对象根据指定的位置复制一个或多个副本。

（1）启动命令。

1）工具栏：单击"修改"工具栏中的"复制"按钮。

2）下拉菜单：单击"修改—复制"。

3）命令行：输入"Copy"或"Co"。

（2）操作步骤。

1）指定基点和第二点复制对象

命令：Copy

选择对象：　　　　　　　　　　　　　　　　　　　　　（选择要复制的对象，回车）

指定基点或［位移（D）］〈位移〉：　　　　　　　　　　　　　　（指定基准点）

指定第二个点或〈使用第一点作位移〉：［用定点方式拾取点（或者输入相对于基点的相
　　　　　对坐标）。该提示会反复出现，则系统相对于同一个基点可以复制多个副本］

指定第二个点或［退出（E）/放弃（U）］〈退出〉：　　　　（回车，结束"复制"命令）

2）指定位移复制对象

命令：Copy

选择对象：　　　　　　　　　　　　　　　　　　　　　　　（选择要复制的对象）

指定基点或［位移（D）］〈位移〉：　　　　　　　　　　（选择默认的"位移"选项）

注意：这里也可以输入一个坐标，系统将把该点坐标值作为复制对象所需的位移。当随后出现"指定位移的第二点或〈用第一点作位移〉："的提示时，直接回车即可。

指定位移〈0.0000，0.0000，0.0000〉：（输入一个坐标，系统把该点的坐标值作为复制
　　　　　　　　　　　　　　　　　　　　　　　　　对象所需的图形移动量）

【例 1-2】用"Copy"命令将图 1-38（a）修改为图 1-38（b）。

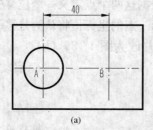
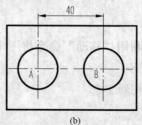

图 1-38　复制圆孔

(a) 原图；(b) 复制后

方法一：指定基点和第二点复制对象。

命令：Copy （选择复制命令）

选择对象：找到 1 个 （选择粗实线圆）

选择对象：✓ （回车，结束对象选择）

指定基点或 ［位移 （D）］〈位移〉： （捕捉圆心点 A 作为基点）

指定第二个点或〈使用第一个点作为位移〉： （捕捉圆心点 B）

指定第二个点或 ［退出 （E） /放弃 （U）］〈退出〉：✓ （结束 "复制" 命令）

方法二：指定位移复制对象。

命令：Copy （选择复制命令）

选择对象：找到 1 个 （选择粗实线圆）

选择对象：✓ （回车，结束对象选择）

指定基点或 ［位移 （D）］〈位移〉：40，0 （输入沿 X、Y 轴移动的距离）

指定第二个点或〈使用第一个点作为位移〉：✓ （回车，使用第一个点作为位移，复制
出 B 位置上的圆）

注意："Copy" 命令只能在同一个 dwg 图形内复制对象，而不能将一个 dwg 图形内的对象复制到另一个 dwg 图形中。若要将一个 dwg 图形内的对象复制到另一个 dwg 图形中，可直接选择对象，然后按 Ctrl＋C 将对象复制，接着按 Ctrl＋V 将对象粘贴到另一个 dwg 图形中。

2. 移动命令

利用 "移动" 命令可以将选中的对象移到指定的位置。"移动" 命令和 "复制" 命令的操作非常类似，区别只是在原位置上，源对象是否还保留。

（1）启动命令。

1）工具栏：单击 "修改" 工具栏中的 "移动" 按钮。

2）下拉菜单：单击 "修改—移动"。

3）命令行：输入 "MOVE" 或 "M" ✓。

（2）操作步骤。

命令：Move

选择对象： （选择要移动的对象）

指定基点或 ［位移 （D）］〈位移〉：（拾取一点作为基点或直接输入一个坐标作为移动对
象的位移）

指定第二个点或〈用第一点作为位移〉：（指定第二点或输入相对于基点的相对坐标，系
统将根据这两个点定义一个位移矢量。若直接回
车，第一点的坐标值将认为是移动所需的位移）

【例 1 - 3】 利用 "移动" 命令将图 1 - 39 （a） 修改为图 1 - 39 （b）。

命令：MOVE （启动 "移动" 命令）

选择对象：找到 1 个 （选择粗实线圆）

选择对象： （回车，结束对象选择）

指定基点或 ［位移 （D）］〈位移〉： （捕捉交点 A 作为基点）

指定第二个点或〈用第一点作为位移〉： （捕捉交点 B）

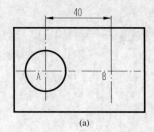 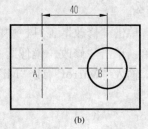

图 1-39　移动对象示例

(a) 原图；(b) 移动后

3. 旋转命令

利用"旋转"命令可以将选定的对象绕指定中心点旋转。

(1) 启动命令。

1) 工具栏：单击"修改"工具栏中的"旋转"按钮。

2) 下拉菜单：单击"修改—旋转"。

3) 命令行：输入"ROTATE"或"RO"↙。

(2) 操作步骤。

命令：Rotate

选择对象：　　　　　　　　　　　　　　　　　　　　　　（选择要旋转的对象）

指定基点：　　　　　　（旋转基准点即旋转中心点，它可以在旋转体上也可在旋转体外）

指定旋转角度，或［复制（C）/参照（R）］〈0.00〉：　　　　（输入对象旋转的绝对角度值）

其他选项含义：

1) 复制（C）：旋转对象的同时复制对象。

2) 参照（R）：指定某个方向作为起始参照角，然后选择一个新对象来指定源对象要旋转到的目标位置，也可以输入新角度值来指明要旋转到的方位。

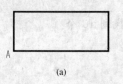 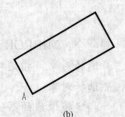

【例 1-4】　用"旋转"命令将图 1-40（a）修改为图 1-40（b）。

图 1-40　旋转对象示例

(a) 原图；(b) 旋转后

命令：Rotate　　　　　　　　　　　　　　　　　　　　　（启动"旋转"命令）

选择对象：　　　　　　　　　　　　　　　　　　　　　　（选择需要旋转的矩形）

选择对象：↙　　　　　　　　　　　　　　　　　　　　　（回车，结束对象选择）

指定基点：　　　　　　　　　　　　　　　　　　　（捕捉 A 点作为旋转基点）

指定旋转角度，或［复制（C）/参照（R）］〈0.00〉：30　　（输入旋转角度，逆时针为正）

四、镜像、阵列

几何元素的均布特征以及图形的对称关系是作图中经常遇到的。绘制具有对称关系的图形时，可用镜像命令；绘制均布特征时使用阵列命令，可指定矩形阵列或环形阵列。

1. 镜像命令

对于对称图形来说，用户只需画出图形的一半，另一半可用镜像命令完成。操作时，先指定要镜像的对象，然后再指定镜像线位置。

（1）启动命令。

1）工具栏：单击"修改"工具栏中的"镜像"按钮 △。

2）下拉菜单：单击"修改—镜像"。

3）命令行：输入"Mirror"或"Mi" ✓。

（2）操作步骤。

命令：Mirror

选择对象：   （选择要镜像的对象）

指定镜像线的第一点：   （指定镜像轴线上的第一个端点）

指定镜像线的第二点：   （指定镜像轴线上的第二个端点）

要删除源对象吗？［是（Y）/否（N）］〈N〉：（输入 n，回车，则保留源对象；否则输入 y，

                   回车，则删除源对象）

【例 1-5】 利用"镜像"命令将图 1-41（a）修改为图 1-41（b）。

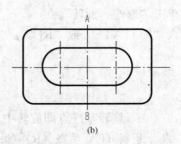

图 1-41 镜像对象示例

(a) 镜像前；(b) 镜像后

命令：MIRROR   （启动"镜像"命令）

选择对象：指定对角点：找到 10 个   （用窗口选取镜像线左侧图形）

选择对象：   （回车，结束对象选择）

指定镜像线的第一点：   （捕捉端点 A）

指定镜像线的第二点：   （捕捉端点 B）

要删除源对象吗？［是（Y）/否（N）］〈N〉：✓ （选择"否"选项，保留源对象）

2. 阵列命令

"阵列"命令可以绘制多个结构相同的图形对象，阵列图形对象有两种形式：矩形阵列和环形阵列。

启动命令

工具栏：单击"修改"工具栏中的"阵列"按钮 品。

下拉菜单：单击"修改—阵列"。

命令行：输入"Array"或"Ar" ✓。

执行"阵列"命令后，弹出"阵列"对话框，默认是"矩形阵列"单选按钮被选中，如图 1-42 所示；若选中"环形阵列"单选按钮，则对话框如图 1-45 所示。

（1）矩形阵列对象。

矩形阵列是指将对象按行、列方式进行排列。操作时，用户一般应指定阵列的行数、列数、行间距及列间距等，如果要沿倾斜方向生成矩形阵列，还应输入阵列的倾斜角度。下面

以图 1-43 为例说明矩形阵列的操作步骤。

1）执行"阵列"命令。

2）在"阵列"对话框中，选中"矩形阵列"单选按钮。

3）单击"选择对象"按钮，则"阵列"对话框自动关闭，切换到绘图窗口，当命令提示"选择对象"时，选择要阵列的对象，即图 1-43（a）所示的圆和中心线，回车，结束对象选择，返回"阵列"对话框。

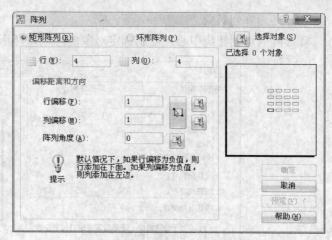

图 1-42　"矩形阵列"对话框

4）在"行"和"列"文本框中分别输入行数 2 和列数 2。

5）在"行偏移"和"列偏移"文本框中分别输入行偏移值-50 和列偏移值 70。

6）单击"确定"按钮，完成矩形阵列，结果如图 1-43（b）所示。也可单击"预览"按钮，弹出如图 1-44 所示的对话框。绘图窗口显示按当前设置阵列的预览效果，单击"接受"按钮，完成阵列，或者单击"修改"按钮，则返回到如图 1-42 所示的"阵列"对话框。

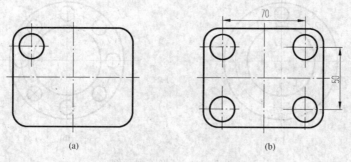

图 1-43　矩形阵列示例

（a）矩形阵列前；（b）矩形阵列后

说明：1）如果行、列偏移值为正值，则阵列复制的对象向上、向右排列，如果行、列偏移值为负值，则阵列复制的对象向下、向左排列。

2）行、列偏移值可以直接在对应文本框中输入，也可以单击旁边的"拾取行偏移"按钮和"拾取列偏移"按钮，在绘图窗口中使用定点来指定；行、列偏移值的输入还可以单击"拾取两个偏移"按钮，使用定点指定矩形的两个对角点，来定义单位单元，该单位单元的长和宽分别为行间距和列间距。

图 1-44　"阵列预览"对话框

3）阵列角度值可以直接在文本框中输入，也可以单击旁边的"拾取阵列的角度"按钮，在命令行中输入，它们都可以创建一旋转指定角度的矩形阵列。该角度逆时针为正，顺时针为负。

（2）环形阵列对象。

环形阵列可创建绕中心点复制选定对象的阵列，环形阵列对话框如图 1-45 所示。

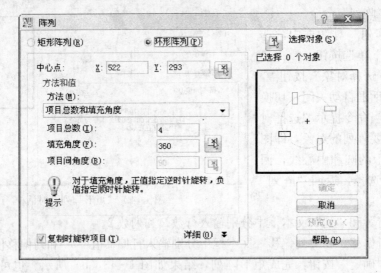

图 1-45 "环形阵列"对话框

下面以图 1-46 为例说明环形阵列的操作步骤。

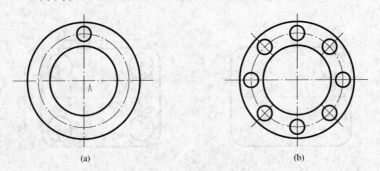

图 1-46 环形阵列示例

(a) 环形阵列前；(b) 环形阵列后

1）执行"阵列"命令。

2）在"阵列"对话框中，选中"环形阵列"单选按钮。

3）单击"选择对象"按钮，则"阵列"对话框自动关闭，切换到绘图窗口，当命令提示"选择对象"时，选择要阵列的对象，即图 1-46（a）所示的小圆和中心线，回车，结束对象选择，返回"阵列"对话框。

4）单击"拾取中心点"按钮，切换到绘图窗口，系统提示"指定阵列中心点"，这里捕捉大圆的圆心 A。

5）在"方法"下拉列表框中选择默认的"项目总数和填充角度"。

6）在"项目总数"文本框中输入阵列个数 8。

7）在"填充角度"文本框中输入填充角度 360°。

8）单击"确定"按钮，完成环形阵列，结果如图 1-46（b）所示。

注意：在"环形阵列"对话框中，"复制时旋转项目"复选框默认是选中的，阵列时复制的对象将绕中心点旋转；若取消该选项，则在阵列对象时，仅进行平移复制，即保持对象的方向不变。

五、修剪、延伸

1. 修剪命令

用来按其他对象定义的剪切边修剪对象，起界定作用的图素称为剪切边，待修剪的边即在与剪切边交点处被切断。此外，剪切边本身也可以作为被剪切的对象。

（1）启动命令。

1）工具栏：单击"修改"工具栏中的"修剪"按钮。

2）下拉菜单：单击"修改—修剪"。

3）命令行：输入"TRIM"或"TR" ∠。

（2）操作步骤。

命令：Trim

当前设置：投影＝UCS，边＝无

选择剪切边 ...

选择对象〈或全部选择〉：找到 1 个　　　　　　　　　　（拾取作为剪切边界的对象）

选择对象：∠　　　　　　　　　　　　　　　　（回车，结束剪切边界对象的选择）

选择要剪切的对象，或按住 Shift 键选择要延伸的对象，或 ［栏选（F）/窗交（C）/投影（P）/边（E）/删除（R）/放弃（U）/］：　　　（拾取被修剪的对象，回车，结束"修剪"命令）

主要选项含义如下。

1）按住 Shift 键选择要延伸的对象：将选定的对象延伸至剪切边。

2）栏选（F）：通过选择栏选择要修剪的图形对象。

3）窗交（C）：选择矩形区域内部或与之相交的对象。

4）投影（P）：通过投影模式来选择要修剪的图形对象。

5）边（E）：用于选择是否以延伸剪切边的方式来修剪图形对象。选择该选项，AutoCAD 提示：输入隐含边延伸模式 ［延伸（E）/不延伸（N）］〈不延伸〉：

延伸（E）：如果剪切边太短，没有与被修剪对象相交，那么 AutoCAD 会假想将剪切边延长，然后执行修剪操作，如 ［例 1-7］ 所示。

不延伸（N）：只有当剪切边与被剪切对象实际相交时，才能进行修剪。

6）删除（R）：删除不需要的对象，而无需退出"Trim"命令。

7）放弃（U）：若修剪错误，可输入字母"U"撤销修剪。

【例 1-6】 将图 1-47（a）所示图形修剪，完成如图 1-47（b）所示的图形。

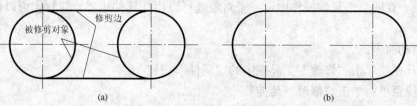

图 1-47　普通模式修剪对象

（a）修剪前；（b）修剪后

命令：Trim

当前设置：投影＝UCS，边＝无

选择剪切边 . . .

选择对象〈或全部选择〉：找 1 个　　　　　　　　　　（选择上下两条切线作为剪切边）

选择对象：找 1 个，总计 2 个

选择对象：↙　　　　　　　　　　　　（回车，结束剪切边界对象的选择）

选择要剪切的对象，或按住 Shift 键选择要延伸的对象，或 ［栏选 （F）/窗交 （C）/投影 （P）/边 （E）/删除 （R）/放弃 （U）/］：　　　　（拾取被修剪的对象，回车，结束"修剪"命令）

【例 1-7】 将图 1-48 （a） 所示图形修剪，完成如图 1-48 （b） 所示的图形。

图 1-48　延伸模式修剪对象
(a) 修剪前；(b) 修剪后

命令：Trim

当前设置：投影＝UCS，边＝无

选择剪切边 . . .

选择对象〈或全部选择〉：找 1 个　　　　　　　　　　（选择线段 AB 作为剪切边）

选择对象：↙　　　　　　　　　　　　（回车，结束剪切边界对象的选择）

选择要剪切的对象，或按住 Shift 键选择要延伸的对象，或 ［栏选 （F）/窗交 （C）/投影 （P）/边 （E）/删除 （R）/放弃 （U）/］：e　　　　　　　　　　（选择边模式）

输入隐含边延伸模式 ［延伸 （E）/不延伸 （N）]〈延伸〉：e　　　　　（选择延伸模式）

选择要修剪的对象，或按住 Shift 键选择要延伸的对象，或 ［栏选 （F）/窗交 （C）/投影 （P）/边 （E）/删除 （R）/放弃 （U）]：　　　（单击线段 ED 上任意点，回车，结束命令）

注意：使用该命令时，应先指定修剪边；再选择被修剪的对象。当选择被修剪对象时，必须在要修剪掉的那一边拾取对象，而不是保留的那一边。

2. 延伸命令

延伸命令是将图形对象延伸到指定边界。使用该命令时，应先指定延伸边界，再选择要延伸的对象。在同一个延伸操作中，一个对象既可以用作延伸边界，同时也可以作为待延伸的对象。

(1) 启动命令。

1) 工具栏：单击"修改"工具栏中的"延伸"按钮 。

2) 下拉菜单：单击"修改—延伸"。

3) 命令行：输入"Extend"或"EX"↙。

(2) 操作步骤。

命令：Extend

当前设置：投影＝UCS，边＝延伸

选择边界的边 …

选择对象或〈全部选择〉：找到 1 个　　　　　　　　　　（拾取作为延伸边界的对象）

选择对象：✓　　　　　　　　　　　　　　（回车，结束延伸边界对象的选择）

选择要延伸的对象，或按住 Shift 键选择要修剪的对象，或［栏选（F）/窗交（C）/投影（P）/边（E）/放弃（U）/］：　　　　　　（拾取要延伸的对象，回车，结束"延伸"命令）

命令行中各选项含义与修剪命令相似。

【例 1 - 8】　将图 1 - 49（a）所示图形延伸成图 1 - 49（b）所示的图形。

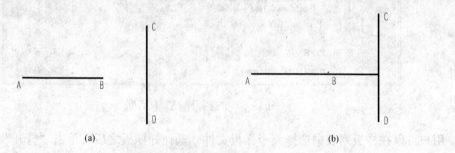

图 1 - 49　普通方式延伸对象

(a) 延伸前；(b) 延伸后

命令：EXTEND

当前设置：投影＝UCS，边＝延伸

选择边界的边 …

选择对象或〈全部选择〉：找到 1 个　　　　　　　　　（选择 CD 边作为延伸边界边）

选择对象：　　　　　　　　　　　　　　　（回车，结束延伸边界对象的选择）

选择要延伸的对象，或按住 Shift 键选择要修剪的对象，或［栏选（F）/窗交（C）/投影（P）/边（E）/放弃（U）/］：　　　　（选择 AB 边作为要延伸的对象，回车，结束"延伸"命令）

注意：在选择延伸对象时，鼠标选择点应选择在拟延伸方向的那一端。

第七节　图形文件管理

图形文件的管理一般包括创建新文件、打开已有的图形文件、保存图形文件以及关闭图形文件等内容。

一、新建图形文件

启动命令

(1) 工具栏："标准"工具栏上的"新建"按钮。

(2) 下拉菜单："文件—新建"。

(3) 命令行："New" ✓。

(4) 快捷键：Ctrl＋N 组合键。

启动新建图形命令后，弹出"选择样板"对话框，如图 1 - 50 所示。

图 1-50　"选择样板"对话框

　　用户可以在样板列表中选择一个样板文件，选择好样板之后，单击"打开"按钮，即可创建出新图形文件。

　　AutoCAD 中有许多标准的样板文件，它们都保存在 AutoCAD 安装目录中的"Template"文件夹下，扩展名为".dwt"。用户也可根据需要建立自己的样板文件。AutoCAD 提供的样板文件分为六大类，分别为 ANSI 标准样板文件、DIN 标准样板文件、GB 标准样板文件、ISO 标准样板文件、JIS 标准样板文件、公制标准样板文件。也可以不选择样板，单击"打开"按钮旁边的下拉按钮，从下拉列表中选择"无样板打开—英制"或"无样板打开—公制"，创建一个无样板的新图形文件。

　　二、打开图形文件

　　启动命令

　　(1) 工具栏："标准"工具栏上的"打开"按钮。

　　(2) 下拉菜单："文件—打开"。

　　(3) 命令行："Open"。

　　(4) 快捷键：Ctrl+O 组合键。

　　启动命令后，AutoCAD 将弹出"选择文件"对话框，如图 1-51 所示。用户可直接在对话框中选择要打开的文件，或者在"文件名"文本框中输入要打开文件的名称，还可以在文件列表框中通过双击文件名打开文件。该对话框顶部有"搜索"下拉列表，可利用下拉按钮找到要打开文件的位置并打开。

　　单击"打开"按钮右边的下拉按钮，弹出下拉菜单，如图 1-51 所示。选择"打开"命令，可打开完整的图形文件，并能对其进行修改操作；选择"以只读方式打开"命令，图形文件将以只读方式打开，不能对其进行任何修改；选择"局部打开"命令，可打开图形的一部分；选择"以只读方式局部打开"命令，是以只读方式打开图形的一部分。

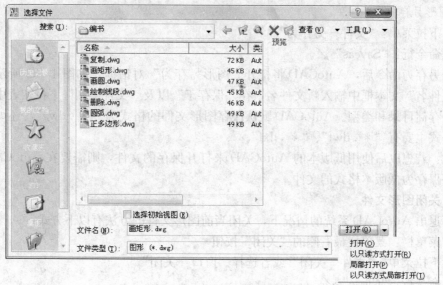

图 1-51　"选择文件"对话框

三、保存图形文件

保存图形文件可采取两种方式：一种是以当前文件名直接保存图形，另一种是指定新文件名另存图形。

1. 直接保存

启动命令

（1）工具栏："标准"工具栏上的"保存"按钮。

（2）下拉菜单："文件—保存"。

（3）命令行："Qsave"。

执行快速保存命令后，系统将当前图形文件以原文件名直接存入磁盘，而不会给用户任何提示。若当前图形文件名是缺省名且是第一次保存文件，则 AutoCAD 将弹出"图形另存为"对话框，如图 1-52 所示，在该对话框中用户可指定文件存储的位置、文件类型及输入新文件名。

图 1-52　"图形另存为"对话框

2. 图形另存

(1) 下拉菜单："文件—另存为"。

(2) 命令行："Saveas" ↙。

点击另存为命令后，AutoCAD 将打开"图形另存为"对话框，如图 1-52 所示。用户可在"文件名"文本框中输入新文件名，在"保存于"以及"文件类型"下拉列表中分别设定文件的存储目录和类型。AutoCAD 默认保存图形文件的格式为"＊.dwg"，还可以保存的文件格式主要有"＊.dwt"、"＊.dxf"。

注意：若想以后使用低版本的 AutoCAD 来打开保存的文件，则需要在 AutoCAD 中将图形文件保存为低版本格式的文件。

四、关闭图形文件

在不退出 AutoCAD 系统的情况下，关闭当前图形文件的方法有以下方式：

(1) 菜单栏：菜单栏最右侧的"关闭"按钮 ✕。

(2) 下拉菜单："文件—关闭"或者选择"窗口—关闭"。

(3) 命令行："Close" ↙。

如果要一次关闭多个打开的图形文件，则可以在菜单栏中，选择"窗口—全部关闭"命令。

图 1-53　"保存图形"对话框

令。若要退出 AutoCAD 应用程序，单击标题栏最右侧的"关闭"按钮 ✕、单击下拉菜单"文件—退出"或执行 Ctrl＋Q 组合键。

如果图形文件尚未保存，那么在执行文件关闭操作的过程中，系统会弹出如图 1-53 所示的对话框，询问用户是否将改动保存到指定文件。

第八节　上 机 实 践

1. 绘制图 1-54 所示的图形，并以"练习1"作文件名存盘。

2. 绘制图 1-55 所示的图形并存盘。

图 1-54　练习 1

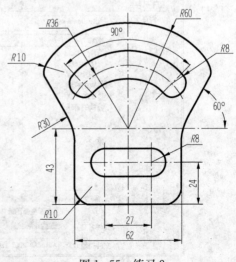

图 1-55　练习 2

3. 绘制图 1-56 所示的图形并存盘。
4. 绘制图 1-57 所示的图形并存盘。

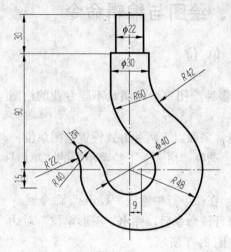

图 1-56 练习 3

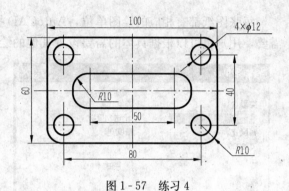

图 1-57 练习 4

第二章 计算机绘图环境设置、绘图与编辑命令

第一节 设 置 绘 图 单 位

每张图纸都有相应的绘图单位，AutoCAD提供了多种绘图单位以满足不同专业的绘图需要，用户也可以根据具体的需要设置其他的绘图单位。

图 2-1 "图形单位"对话框

通常采取以下两种方式设置绘图单位：

1）选择"格式"下拉菜单中的"单位"命令；

2）在命令行中输入"Units"命令。

执行该命令后，弹出"图形单位"对话框，如图 2-1 所示。

该对话框中各选项功能如下。

（1）"长度"选项组：可以设置长度单位的类型和精度。在"类型"下拉列表中可以选择"分数"、"工程"、"建筑"、"科学"和"小数"格式中的一种，系统默认设置为"小数"。在"精度"下拉列表中可以选择 9 种精度中的一种，系统默认为"0.0000"。

（2）"角度"选项组：可以设置角度单位的类型和精度。在"类型"下拉列表中可以选择"百分度"、"度/分/秒"、"弧度"、"勘测单位"和"十进制度数"类型中的一种，系统默认设置为"十进制度数"。在"精度"下拉列表中同样提供了 9 种精度，默认值为"0"。系统默认测量角度方向为逆时针方向，用户也可以选择"顺时针"作为测量角度方向。

（3）"插入比例"选项组：可以设置缩放插入内容的单位。在"用于缩放插入内容的单位"下拉列表中可以选择"英寸"、"英尺"、"厘米"等21种单位，默认情况下选择"毫米"。

（4）"方向"按钮：单击该按钮，弹出如图 2-2 所示的"方向控制"对话框。在"基准角度"选项组中，系统默认的方向为"东"，用户也可以选择"北"、"西"、"南"方向作为角度测量的起始位置，或选择"其他"单选按钮，在绘图窗口中指定角度测量的起始位置。

完成上述各项设置后，单击"确定"按钮完成绘图单位的设置。

图 2-2 "方向控制"对话框

第二节　设置绘图界限

在 AutoCAD 中，绘图界限是指绘图的有效区域，即图纸的边界，用坐标（X，Y）来指定。只需要设置图纸的左下角和右上角点的坐标，这两点即构成了一个不可见的封闭矩形。

绘制工程图样时，应优先选用国家标准规定的五种基本图幅，即 A0、A1、A2、A3、A4，相应的幅面尺寸分别为 1189×841，841×594，594×420，420×297，297×210。

与在图板上绘图需选用不同幅面的图纸一样，在 AutoCAD 中绘图时也要根据图形文件的大小需求来设置绘图界限。具体设置方法有以下两种：

1）选择"格式"下拉菜单中的"图形界限"命令；

2）在命令行中输入"Limits"命令。

执行该命令后，命令行提示如下：

指定左下角点或［开（on）/关（OFF）]〈0.0000，0.0000〉：0，0　　　　　　　　（回车）

指定右上角点〈420.0000，297.0000〉：　　　　　　　　　（根据需要指定右上角点坐标）

系统默认绘图界限左下角点的坐标设置为（0，0），默认绘图界限设置为 A3 图纸大小，若设置为其他图纸幅面，需要输入新的右上角点坐标值，如输入（297，210），绘图界限即为 A4 图纸大小。

命令选项"开"表示打开图形界限检查，如果绘制的图形超出了设置的图形界限，则系统拒绝绘制该图形，并给出提示信息；选项"关"表示关闭图形界限检查。

第三节　图层的设置与管理

一、图层的作用与特性

1. 图层的作用

图层是一个用来组织图形中对象显示的工具，图形中的每一个对象（如不同的图线、尺寸、文字等）应放在不同的图层中。图层就像透明胶片一样，不同的对象虽然处在不同的图层中，但重叠在一起后就得到一幅完整的图形。图层是管理和修改图形文件的一个有效手段，特别是在绘制复杂的图形时，可以关闭无关的图层，避免由于对象过多而产生相互干扰，从而降低图形编辑的难度，提高绘图精度。

2. 图层的特性

（1）系统对图层数没有限制，对每一图层上的对象数也没有任何限制，但只能在当前图层上画图。

（2）每个图层都有一个名字以示区别，"0"层是自动生成的层。

（3）每个图层都可设置单独的线型和颜色，图层之间的线型和颜色可以相同，也可以不同。在某一图层上绘图时，绘出的线型为该图层的线型。一般情况下，一个图层只有一种线型、一种颜色。

（4）各图层具有相同的坐标系、绘图界限、显示时的缩放倍数，可以对不同层上的对象同时进行编辑。

（5）可以对各图层进行打开/关闭、冻结/解冻、锁定/解锁等操作。

二、图层设置与管理

每一个图层都必须有一种颜色、线型和线宽，图层、颜色、线型和线宽被称为对象特性。用户可以按照绘图需要来设置和管理图层，修改对象特性。

1. 图层的设置

（1）创建新图层。

AutoCAD 提供了图层特性管理器，利用该工具用户可以很方便地创建图层及设置其基本属性。选择"格式"下拉菜单中的"图层"命令或在命令行中输入"Layer"命令或单击"图层"工具条中的图标 ，即可打开如图 2-3 所示的对话框。

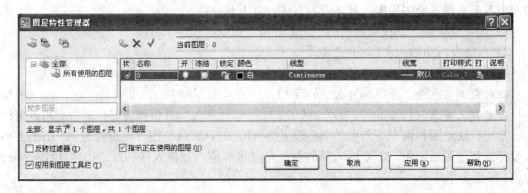

图 2-3　"图层特性管理器"对话框

对于一个图形来说，都有一个默认的"0"图层，其颜色设置为白色或黑色（由背景色决定）、线型设置为连续型（Continuous）、线宽为默认值 0.01in 或 0.25mm，"0"图层不能被删除或重命名。

在"图层特性管理器"对话框中单击"新建图层"按钮 ，可以创建一个名称为"图层1"的新图层。默认情况下，新建图层与当前图层的颜色、线型、线宽等设置相同。当创建了图层后，图层的名称就显示在图层列表框中（见图 2-4）。

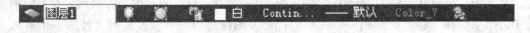

图 2-4　图层列表框

此时新建的图层处于被选中的状态，为方便绘图，用户可以修改图层的名称，如将"图层1"改为"细实线层"、"虚线层"、"点画线层"等，注意命名时在图层名称中不能包含通配字符（＊和?）和空格，也不能与其他图层重名。

（2）设置图层颜色。

默认颜色为白色或黑色，为了区别每个图层，应该为每个图层设置不同的颜色。在绘制图形时，可以通过设置图层的颜色来区分不同的图形对象。在"图层特性管理器"对话框中单击图层的"颜色"列对应的图标，打开如图 2-5 所示的"选择颜色"对话框，选择要设置的颜色，如黄色，并单击"确定"按钮，返回到"图层特性管理器"对话框，则图层1的颜色就更改为黄色。

（3）设置图层线型。

线型是指图形基本元素中线条的组成和
显示方式，如虚线、实线等。在绘制图形时
要使用线型来区分图形元素，这就需要对线
型进行设置。默认情况下，图层的线型为
"Continuous"。要改变线型，可在图层列表
中单击"线型"列的"Continuous"，打开
如图 2-6 所示的"选择线型"对话框，在
"已加载的线型"列表框中选择一种线型，
然后单击"确定"按钮；如果"已加载的线
型"列表框中没有想要的线型，单击"加
载"按钮，打开如图 2-7 所示的"加载或
重载线型"对话框，移动滚动条选择需要的
线型如"ACAD_ISO02W100"并单击"确
定"按钮，返回到如图 2-8 所示的"选择

图 2-5　"选择颜色"对话框

线型"对话框，在该对话框中出现"Continuous"和"ACAD_ISO02W100"两种线型，选
择"ACAD_ISO02W100"赋给相应图层即可。

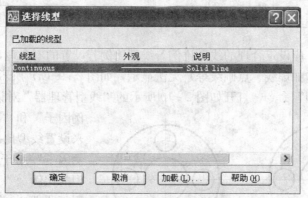

图 2-6　"选择线型"对话框

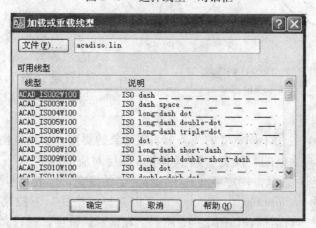

图 2-7　"加载或重载线型"对话框

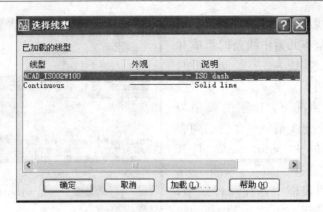

图 2-8 "选择线型" 对话框

机械工程 CAD 制图中图层名称、颜色和线型的设置见表 2-1。

表 2-1   标 准 线 型 与 颜 色

图层名称	颜 色	线 型	图层名称	颜 色	线 型
粗实线	白色	连续线	文本	粉红色	连续线
细实线	白色	连续线	剖面线	蓝色	连续线
细虚线	红色	ACAD _ …2W100	中心线	红色	CENTER
尺寸及公差	青色	连续线			

在实际绘图中，应设定合理的线型比例。线型比例若设置的不合理，有时就会造成绘制的一些非连续线型（如虚线、点画线等）无法显示，如图 2-9（a）所示。可以选择"格式"下拉菜单中的"线型"命令，打开如图 2-10 所示的"线型管理器"对话框，通过"全局比例因子"和"当前对象缩放比例"来设置线型比例，其中，"全局比例因子"用于设置图形中所有线型的比例，"当前对象缩放比例"用于设置当前选中线型的比例。也可通过如图 2-11 所示的"特性"选项板来实现，在该选项板的"基本"特性中，"线型比例"缺省设置为 1，现更改为 0.8，效果如图 2-9（b）所示。

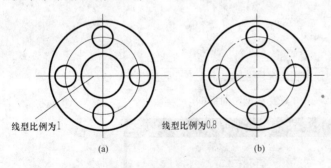

图 2-9 线型比例修改

(a) 更改前；(b) 更改后

（4）设置图层线宽。

在 AutoCAD 中，使用不同宽度的线条来表现对象的类型，要设置图层的线宽，可以在"图层特性管理器"对话框的"线宽"列中单击该图层对应的线宽"——默认"，打开如图 2-12 所示的"线宽"对话框，用户可在其中选择需要的线宽，一般粗实线线宽为 0.5mm 或 0.7mm，细线线宽为 0.25mm 或 0.35mm。也可以选择"格式"下拉菜单中的"线宽"命令，打开"线宽设置"对话框，如图 2-13 所示。在该对话框中，通过"调整显示比例"可改变图形中的线宽显示。

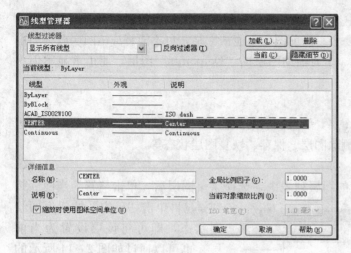

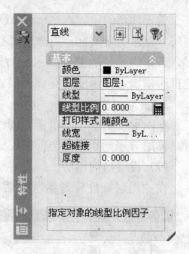

图 2-10　"线型管理器"对话框　　　　　　　图 2-11　通过"特性"修改线型比例

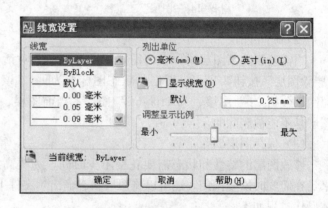

图 2-12　"线宽"对话框　　　　　　　图 2-13　"线宽设置"对话框

（5）设置图层状态。

图层有四种状态类型，这些状态控制了图层的可见性、重新生成、可编辑性及可打印性。

1）打开和关闭：打开的图标是💡，关闭的图标是💡，单击这两个图标可以在两种状态间进行切换。当一个图层设置为关闭状态时，该图层上的对象既不能在屏幕上显示，也不能编辑和打印，但该图层仍然参与图形之间的运算。

2）解冻和冻结：解冻的图标是☀，冻结的图标是❄，单击这两个图标可以在解冻、冻结状态间进行切换。当图层被冻结时，该图层上的对象既不能显示，也不能编辑和打印，图层也不参与图形之间的运算。

3）锁定和解锁：解锁的图标是🔓，锁定的图标是🔒，单击这两个图标可以在解锁、锁定状态间进行切换。当图层被锁定时，该图层上的对象可以显示和打印，也可以在锁定的图层上绘制新的图形对象，但不能编辑。

4）可打印和不可打印：图标为🖨时，表示图层处于可打印状态，图标为🖨时，表示图层处于不可打印状态。

需要注意的是，在 AutoCAD 中，只能在当前层上绘制图形，当前层是当前正在使用的图层，显示为 ✔ 图标，当前层只有一个。当前图层不能被冻结，也不能将冻结图层改为当前层，否则将会显示警告提示。另外，作为辅助图层的"Defpoints"图层，能正常显示但不能打印输出，也不能删除该图层。

2. 图层的管理

在图形绘制中，不仅需要创建图层，设置图层的颜色、线型、线宽等，还需要对图层进行具体的管理，如设置当前图层、删除图层、保存、恢复图层状态等。

(1) 设置当前图层。

在"图层特性管理器"对话框的图层列表中，选择某一图层后，单击"置为当前"按

图 2-14　"图层"工具栏

钮 ✔，再单击"确定"按钮返回绘图状态，即可将该层设置为当前层。也可以通过如图 2-14 所示的"图层"工具栏进行设置，从下拉列表中选择要作为当前层的图层即可。

(2) 删除图层。

当需要删除某图层时，在"图层特性管理器"对话框的图层列表中选择该图层，单击"删除图层"按钮 ✖ 即可，图层的状态图标变为 ▨。该方法只能删除未参照的图层，而参照图层包括"0"图层、"Defpoints"图层、当前图层、包含对象的图层和依赖外部参照的图层是不能被删除的。

(3) 保存图层。

修改图层的特性和状态需要花费不少时间，为提高绘图效率，可以将图层状态保存下来，在需要时恢复调用，还可以将图层状态输出到文件上，在绘制其他图形时直接调用。具体操作过程如下。

在"图层特性管理器"对话框中新建三个图层，如图 2-15 所示。单击"图层状态管理器"按钮 ▤，弹出相应的对话框，在该对话框中单击"新建"按钮，又弹出"要保存的新图层状态"对话框。在该对话框中填写新图层状态名"标准图层"后，单击"确定"按钮，返回到"图层状态管理器"对话框，这时，该对话框中已经保存了相应的图层状态，如图 2-16 所示。

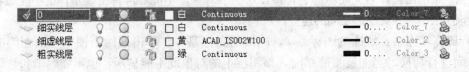

图 2-15　图层列表

若要将图层状态输出到文件上，可以在"图层状态管理器"对话框中单击"输出"按钮，弹出"输出图层状态"对话框。在该对话框中设置好要保存的文件名和保存路径后，再单击"保存"按钮即可。

(4) 恢复图层状态。

为了节省反复设置图层的时间，同时规范所有图形文件的图层设置状态，在绘制其他图形时，可以将已经保存过的图形状态文件恢复过来直接应用。需要强调的是，当在空白图形文件中恢复保存的图形状态文件时，应首先在"选择线型"对话框中加载非连续的线型，否则非连续的线型无法恢复过来。具体操作过程如下。

在"图层特性管理器"对话框中单击"图层状态管理器"按钮 🗗，弹出相应的对话框。在该对话框中单击"输入"按钮，弹出如图 2-17 (a) 所示的"输入图层状态"对话框。在该对话框中选择所需的图层状态文件名如"标准图层"后，单击"打开"按钮，弹出如图 2-17 (b) 所示的对话框，单击"是"按钮，即可将"标准图层"中保存的图层状态导入到新图形文件中。

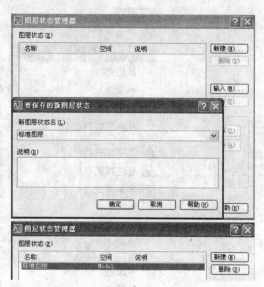

图 2-16 图层保存

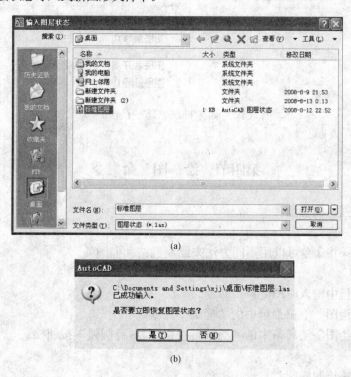

(a)

(b)

图 2-17 恢复图层状态
(a) "输入图层状态"对话框；(b) 对话框

（5）使用图层工具管理图层。

在 AutoCAD 2007 中新增了图层管理工具，利用该功能用户可以更加方便地管理图层。选择"格式"下拉菜单中的"图层工具"命令，就可以通过图层工具来管理图层，具体如图 2-18 所示。

图 2-18　"图层工具"子菜单

第四节　绘 图 命 令

一、绘制椭圆、椭圆弧

1. 功能

椭圆（Ellipse）命令可以用不同方法来绘制椭圆和椭圆弧。

2. 启动命令

（1）在命令行中输入"Ellipse"命令。

（2）选择"绘图"下拉菜单中的"椭圆"命令。

（3）单击"绘图"工具条中的"椭圆"按钮 ◯、"椭圆弧"按钮 ◠。

3. 使用方法

（1）中心点法绘制椭圆。

中心点法绘制椭圆时，命令行提示如下：

命令：_ellipse

指定椭圆的轴端点或[圆弧（A）/中心点（C）]：c　　　　　　　　　（选择中心点法画椭圆）

指定椭圆的中心点：　　　　　　　　　　　　　　　　　　　（指定椭圆中心点的位置）

指定轴的端点：　　　　　　　　　　　　　　　　　　（指定椭圆某一轴端点的位置）

指定另一条半轴长度或[旋转（R）]：　　　　　　　　　（指定椭圆另一条半轴的长度）

若输入 R，则系统将一个圆绕其直径旋转一定的角度后，再投影到平面上以形成椭圆，其中旋转的角度为 0°～90°之间。

（2）轴、端点法绘制椭圆。

轴、端点法是绘制椭圆的默认方法，它通过给出椭圆某一轴的两个端点确定该轴的长度、位置和倾斜方向，再给出另一轴的长度以确定该椭圆。其命令行提示如下：

指定椭圆的轴端点或 ［圆弧（A）/中心点（C）］：

指定轴的另一个端点：

指定另一条半轴长度或 ［旋转（R）］：

具体操作方法与中心点法类似。

（3）绘制椭圆弧。

选择"绘图"下拉菜单中"椭圆"菜单项下的"圆弧"命令；直接输入 Ellipse 命令后回车，再输入 a 回车；单击"绘图"工具条中的"椭圆弧"按钮⬭。用上述启动命令应先生成一个椭圆，再通过选取起始角度和终止角度在该椭圆上截取所需的椭圆弧，命令行提示如下：

指定起始角度或 ［参数（P）］：

指定终止角度或 ［参数（P）/包含角度（I）］：

给出角度后，系统从起始点到终止点按照逆时针方向绘制出一段椭圆弧。

在 AutoCAD 中，角度的计算是从某一条边开始，向逆时针方向旋转为正，向顺时针方向旋转为负。这里，以生成椭圆时给定的第一轴中靠近第一点那半轴为起始轴，向逆时针方向旋转为正，向顺时针方向旋转为负。

命令行中其他两个选项的含义为：

参数（P）：进入参数方式后，系统要求输入两个参数，并根据这两个参数计算得到椭圆弧的起始点坐标和终止点坐标。

包含角度（I）：用于指定从起始点到终止点的包含角度。

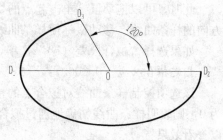

【例 2 - 1】　绘制如图 2 - 19 所示的椭圆弧，其中 $\angle D_3OD_2 = 120°$。

具体操作如下：

图 2 - 19　椭圆弧的绘制

命令：ellipse

指定椭圆的轴端点或 ［圆弧（A）/中心点（C）］：a　　　　　　　（进入绘制椭圆弧状态）

指定椭圆弧的轴端点或 ［中心点（C）］：　　　　　　　　　　　（输入 D_1 点坐标并回车）

指定轴的另一个端点：　　　　　　　　　　　　　　　　　　　（输入 D_2 点坐标并回车）

指定另一条半轴长度或 ［旋转（R）］：　　　　　　　　　　　（指定椭圆另一条半轴的长度）

指定起始角度或 ［参数（P）］：300　　　　　　　　　　　　（指定椭圆弧的起始角度并回车）

指定终止角度或 ［参数（P）/包含角度（I）］：180　　　　　　（指定椭圆弧的终止角度并回车）

二、绘制样条曲线

1. 功能

样条曲线（Spline）命令用来对一系列离散点进行曲线拟合，从而形成一条光滑曲线，而拟合曲线在离散点处的误差允许值可以自行设定。样条曲线适用于创建形状不规则的曲线，如工程制图中的波浪线。

2. 启动命令

(1) 在命令行中输入 "Spline" 命令。

(2) 选择 "绘图" 下拉菜单中的 "样条曲线" 命令。

(3) 单击 "绘图" 工具条中的 "样条曲线" 按钮～。

3. 使用方法

启动命令后，命令行提示如下：

指定第一个点或 [对象 (O)]：

输入第一点后，会出现一根橡皮筋，然后提示：

指定下一点：

指定下一点或 [闭合 (C)/拟合公差 (F)] 〈起点切向〉：

当全部离散点输入完毕后，直接按回车键，命令行提示如下：

指定起点切向：　　　　　　　　　　　（回车，从第一点到第二点的方向为初始点的切向）

指定端点切向：（回车，从最后一个点到倒数第二个点的方向作为终点切向，同时结束

命令）

如果选择 "对象 (O)" 选项，可以将多段线编辑得到的二次或三次拟合样条曲线转换成等价的样条曲线并删除多段线。

如果选择 "闭合 (C)" 选项，表示将样条曲线的第一点和最后一点连接起来形成一条封闭的样条曲线，命令行提示如下：

指定切向：

此时，可以拖动鼠标单击起点的切线方向，移动鼠标后屏幕上会出现有不同起点处切线方向的样条曲线。移动鼠标使样条曲线符合要求后，单击鼠标左键即可。

如果选择 "拟合公差 (F)" 选项，命令行提示如下：

指定拟合公差 〈0.0000〉：

该选项控制样条曲线对拟合点的接近程度。公差越小，样条曲线与拟合点越接近，公差为 0，则表明样条曲线精确地通过拟合点。在绘制样条曲线时，可以改变样条曲线拟合公差以查看效果。

操作过程与 "闭合 (C)" 选项类似，移动鼠标使样条曲线满足需要后，依次单击鼠标左键即可。

三、绘制构造线

1. 功能

构造线 (Xline) 命令用于绘制向两边无限延伸的直线。在实际绘图中，构造线常用作辅助参考线。绘制构造线时，第一个点是构造线的中点，即通过捕捉对象 "中点" 得到的点。

2. 启动命令

(1) 在命令行中输入 "Xline" 命令。

(2) 选择 "绘图" 下拉菜单中的 "构造线" 命令。

(3) 单击 "绘图" 工具条中的 "构造线" 按钮／。

3. 使用方法

启动命令后，命令行提示如下：

指定点或［水平（H）/垂直（V）/角度（A）/二等分（B）/偏移（O）］：（指定点的位置）

指定通过点：　　　　　　　　　　　　　　　　　　　　（指定通过点的位置）

指定通过点：　　　　　　　　　　　　　　　　　（指定通过点的位置或回车）

如果选择"水平（H）"选项，则创建一条通过选定点的水平参照线。

如果选择"垂直（V）"选项，则创建一条通过选定点的垂直参照线。

如果选择"角度（A）"选项，则以指定的角度创建一条参照线。

如果选择"二等分（B）"选项，则可以创建一条参照线，它经过选定的角顶点，并且将选定的两条线之间的夹角平分。

如果选择"偏移（O）"选项，则创建一条平行于另一个对象的参照线。

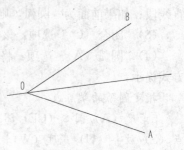

图 2-20　二等分法创建
角平分构造线

【例 2-2】　如图 2-20 所示，创建∠AOB 的角平分构造线。

命令：_xline 指定点或［水平（H）/垂直（V）/角度（A）/二等分（B）/偏移（O）］：B
　　　　　　　　　　　　　　　　　　　　　　　　　　　　　　（回车）

指定角的顶点：　　　　　　　　　　　　　　　　　　　　（指定 O 点）

指定角的起点：　　　　　　　　　　　　　　　　　　　　（指定 A 点）

指定角的端点：　　　　　　　　　　　　　　　　　　　　（指定 B 点）

指定角的端点：　　　　　　　　　　　　　　　　　　　　（回车）

四、绘制多段线

1. 功能

多段线是由多个直线段或圆弧组成的单一整体对象，多段线（Pline）命令用于绘制由不同线宽、不同线型的直线或圆弧所组成的连续线段。多段线可将一组直线和圆弧作为一个对象来编辑。

2. 启动命令

（1）在命令行中输入"Pline"命令。

（2）选择"绘图"下拉菜单中的"多段线"命令。

（3）单击"绘图"工具条中的"多段线"按钮 。

3. 使用方法

启动命令后，命令行提示如下：

指定起点：　　　　　　　　　　　　　　　　　　（指定多段线的起始点）

当前线宽为 0.0000

指定下一个点或［圆弧（A）/半宽（H）/长度（L）/放弃（U）/宽度（W）］：（指定多段线的下一点）

指定下一点或［圆弧（A）/闭合（C）/半宽（H）/长度（L）/放弃（U）/宽度（W）］：（指定多段线的下一点或回车）

进入多段线绘制状态后，系统默认处于直线绘制状态，可绘制一系列连续直线。若需要改变多段线绘制状态，可输入相应的选项。

　　（1）"半宽（H）"与"宽度（W）"选项：在给出多段线的起始点后，系统指出当前默认的线宽值为 0.0000，此时可以用该选项改变线宽。"半宽（H）"选项用于指定具有宽度的多段线的线段中心到其一边的宽度，即多段线宽度的一半；"宽度（W）"选项用于指定下一条直线段的宽度。

　　（2）"长度（L）"选项：该选项根据给出的直线段长度，生成与前一线段相同倾斜度的直线段；如果前面为一圆弧，则绘制与该弧线段相切的新直线段。

　　（3）"闭合（C）"选项：该选项用于封闭多段线（用直线或圆弧）并结束多段线命令。

　　（4）"圆弧（A）"选项：将弧线段添加到多段线中。选择该选项后，系统以绘制圆弧的方式提示：

　　指定圆弧的端点或

　　［角度（A）/圆心（CE）/闭合（CL）/方向（D）/半宽（H）/直线（L）/半径（R）/第二个点（S）/放弃（U）/宽度（W）］：

　　"指定圆弧的端点"选项为默认选项，在给出圆弧的端点后，系统以前面给出的多段线的起点或当前命令下最后一次输入点作为圆弧的起点绘制圆弧。圆弧在起点处与上一段直线或圆弧相切，并且方向相同。其他选项与"圆弧"命令选项类似。

图 2-21　利用多段线绘制
　　　　单向箭头

　　【例 2-3】　绘制如图 2-21 所示的图形。

　　打开正交功能，具体操作如下：

　　指定起点：　　　　　　　　　　　　　　　　　　　　　　　　　（指定多段线的起点）

　　当前线宽为 0.0000

　　指定下一个点或［圆弧（A）/半宽（H）/长度（L）/放弃（U）/宽度（W）］：20

　　　　　　　　　　　　　　　　　　　　　　　　　　　（鼠标右移，输入 20 并回车）

　　指定下一点或［圆弧（A）/闭合（C）/半宽（H）/长度（L）/放弃（U）/宽度（W）］：W

　　　　　　　　　　　　　　　　　　　　　　　　　　　　　　　　　　　　（回车）

　　指定起点宽度〈0.0000〉：3　　　　　　　　　　　　　　　　　　　　　　（回车）

　　指定端点宽度〈3.0000〉：0　　　　　　　　　　　　　　　　　　　　　　（回车）

　　指定下一点或［圆弧（A）/闭合（C）/半宽（H）/长度（L）/放弃（U）/宽度（W）］：10

　　　　　　　　　　　　　　　　　　　　　　　　　　　（鼠标右移，输入 10 并回车）

　　指定下一点或［圆弧（A）/闭合（C）/半宽（H）/长度（L）/放弃（U）/宽度（W）］：

　　　　　　　　　　　　　　　　　　　　　　　　　　　　　　　　　（回车结束命令）

五、图案填充

1. 功能

图案填充是利用某种图案充满图形中的指定封闭区域，利用图案填充功能可以绘制剖面线。

2. 启动命令

（1）在命令行中输入"BHatch"命令。

（2）选择"绘图"下拉菜单中的"图案填充…"命令。

（3）单击"绘图"工具条中的"图案填充"按钮。

3. 使用方法

执行该命令后，打开如图 2-22 所示的"图案填充和渐变色"对话框，利用该对话框可以定义填充对象的边界、图案类型、图案特性和其他特性。

（1）"类型和图案"选项组：用于设置图案填充的类型和图案，主要选项的功能如下。

1）"类型"下拉列表框：设置填充的图案类型，包括"预定义"、"用户定义"和"自定义"三个选项。其中，选择"预定义"选项，可以使用AutoCAD提供的图案，包括 ANSI、ISO 和其他常用的填充图案。用户也可以根据需要自定义图案。

2）"图案"下拉列表框：用于选择图案的样式，在"类型"下拉列表框中选择"预定义"时该选项可用。在该下拉列表中选择图案名称，或单击右边的"预览"按钮，在打开的"填充图案选项板"对话框中进行选择，如图 2-23 所示。

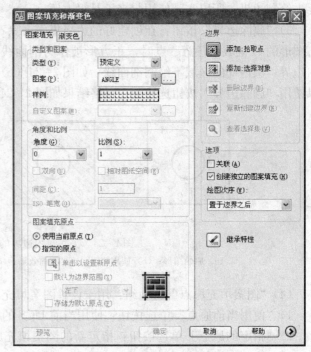

图 2-22 "图案填充和渐变色"对话框

3）"样例"预览窗口：显示当前选中的图案样例。

4）"自定义图案"下拉列表框：选择自定义图案，在"类型"下拉列表框中选择"自定义"类型时该选项可用。

（2）"角度和比例"选项组：用于设置所选图案填充类型的角度和比例等参数，主要选项的功能如下。

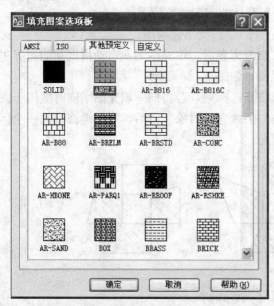

图 2-23 "填充图案选项板"对话框

1）"角度"下拉列表框：设置填充图案的旋转角度，每种图案在定义时的旋转角度都为零。

2）"比例"下拉列表框：设置图案填充时的比例值。每种图案在定义时的初始比例为 1，可以根据需要放大或缩小。在"类型"下拉列表框中选择"用户自定义"时该选项不可用。

（3）"边界"选项组：用于设置定义边界的方式。主要选项的功能如下。

1）"拾取点"按钮：通过给定封闭区域内的一点，系统自动搜索围绕该点的最小封闭区域。该方法灵活方便，是最常用的方法。

2）"选择对象"按钮：直接选择对象作为填充边界，这要求事先绘制出边界。由于要先绘制边界，所以实际使用起来不是很方便。

3）"删除边界"按钮：在创建好的边界集中去除不当的边界。如图2-24（a）所示，单击图形的A区域中任意一点时，正方形被作为剖面线的封闭边界。其中圆是该封闭边界的内边界，圆内部的区域不绘制剖面线，如图2-24（b）所示。为了使该区域存在剖面线，可以使用"删除边界"按钮选取圆，最终结果如图2-24（c）所示。

 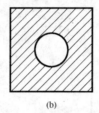 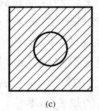

图2-24　去除封闭边界的内边界

（a）原始图形；（b）使用"删除边界"前效果；（c）使用"删除边界"后效果

（4）"图案填充原点"选项组：用于设置图案填充原点的位置，主要选项的功能如下。

1）"使用当前原点"单选按钮：使用当前UCS的原点（0，0）作为图案填充原点。

2）"指定的原点"单选按钮：指定新的图案填充原点。在如图2-25（a）所示的A区域内进行图案填充，单击"单击以设置新原点"按钮，从绘图窗口中选择某一点作为图案填充新的原点，更改填充原点后的效果如图2-25（b）所示，利用此功能可以完成"剖中剖"中剖面线的绘制。选择"默认为边界范围"复选框，以填充边界的左下角、右下角、右上角、左上角或正中作为图案填充新的原点。选择"存储为默认原点"复选框，可以将指定的点存储为默认的图案填充原点。

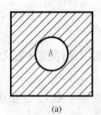 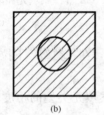

图2-25　更改填充原点

（a）原始图形；（b）更改填充原点后效果

（5）"选项"选项组。

1）"关联"复选框：关联图案填充是指在修改边界后，填充的图案自动根据新的边界进行更新，而非关联图案填充则与它们的边界无关，如图2-26所示。

2）"创建独立的图案填充"复选框：勾选该复选框后，若将同一填充图案同时应用于图形的多个区域时，可以指定每个填充区域都是一个独立的对象。以后，当用户修改某一个区域中的图案填充时，则不会改变其他的图案填充。

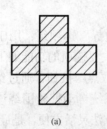 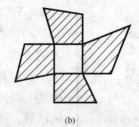 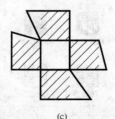

图2-26　"关联"复选框示例

（a）原始图形；（b）编辑后关联图案填充效果；（c）编辑后非关联图案填充效果

（6）孤岛设置：在进行图案填充时，通常将位于一个已定义好的填充区域内的封闭区域称为孤岛。在"图案填充和渐变色"对话框中，单击右下角的"更多选项"按钮 ⊙，将显示"孤岛"选项组等内容，如图 2-27 所示，可以对孤岛等进行设置。其中，"孤岛显示样式"选项组提供了三种孤岛显示样式。

图 2-27　"孤岛"选项组图示

1）"普通"单选框：从外部边界向内填充。如果在填充的过程中遇到了内部边界，填充将关闭，直到遇到另一个边界为止。使用该样式进行填充将不填充孤岛，但是孤岛中的孤岛将被填充，如图 2-28（a）所示。

2）"外部"单选框：从外部边界向内填充，并在下一个边界处停止，如图 2-28（b）所示。

3）"忽略"单选框：忽略内部边界而填充整个闭合区域，如图 2-28（c）所示。

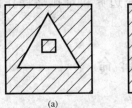 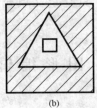 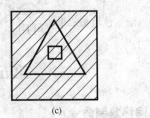

（a）　　　　　　　　　（b）　　　　　　　　　（c）

图 2-28　孤岛设置示例
（a）"普通"填充；（b）"外部"填充；（c）"忽略"填充

（7）渐变色填充：在"图案填充和渐变色"对话框中，选择"渐变色"选项卡，可以将填充图案设置为渐变色，此时对话框如图 2-29 所示。其中，"颜色"选项组指定要应用的渐变填充的外观，"方向"选项组指定渐变色的角度和是否对称，具体填充效果如图 2 - 30 所示。

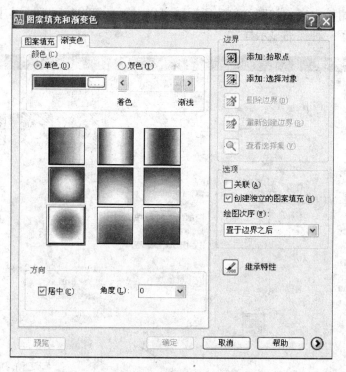

图 2 - 29 "渐变色"选项卡

图 2 - 30 渐变色填充效果

（8）编辑图案填充：创建了图案填充后，用户若想修改图案填充或图案填充区域的边界，可以使用"编辑图案填充（HatchEdit）"命令对图案填充进行编辑和修改。

执行 HatchEdit 命令后，系统提示"选择图案填充对象"，选择需进行编辑的填充对象，也可以直接双击填充图案，弹出"图案填充编辑"对话框，通过它可将选择的填充图案进行编辑。"图案填充编辑"对话框与"图案填充和渐变色"对话框的内容完全相同，只是定义填充边界和对孤岛操作的某些按钮不再可用。

第五节 图形编辑命令

一、偏移复制命令

1. 功能

偏移复制（Offset）命令是将图形对象按指定距离平行移动，并在移动的过程中复制对象，或通过指定点将图形对象平行复制。

2. 启动命令

（1）在命令行中输入"Offset"命令。

（2）选择"修改"下拉菜单中的"偏移"命令。

（3）单击"修改"工具条中的"偏移"按钮 。

3. 使用方法

执行命令后，命令行提示如下：

命令：_offset

当前设置：删除源＝否　图层＝源　OFFSETGAPTYPE＝0

指定偏移距离或［通过（T）/删除（E）/图层（L）]〈通过〉：　（指定偏移距离值并回车）

选择要偏移的对象，或［退出（E）/放弃（U）]〈退出〉：　　　　（选择要偏移的对象）

指定要偏移的那一侧上的点，或［退出（E）/多个（M）/放弃（U）]〈退出〉：（指定偏移的
方向）

选择要偏移的对象，或［退出（E）/放弃（U）]〈退出〉：（选择要偏移的对象或回车结束
命令）

部分命令选项功能如下：

（1）通过（T）：将指定对象偏移通过的点；

（2）删除（E）：偏移后将删除源对象；

（3）图层（L）：用来确定偏移对象是创建在当前图层上还是源对象所在的图层上。

【例2-4】　用偏移复制命令偏移如图2-31（a）所示图形中的对象，结果如图2-31
（b）所示。

图2-31　偏移复制对象示例

(a) 原始图形；(b) 偏移后图形

具体操作过程如下：

指定偏移距离或［通过（T）/删除（E）/图层（L）]〈10.0000〉：30（输入偏移距离并回车）

选择要偏移的对象，或［退出（E）/放弃（U）]〈退出〉：　　　　（选择图形对象）

指定要偏移的那一侧上的点，或［退出（E）/多个（M）/放弃（U）]〈退出〉：［在图2-31（a）
图形的外部指定一点］

选择要偏移的对象，或［退出（E）/放弃（U）]〈退出〉：　　　　（回车结束命令）

二、拉长命令

1. 功能

拉长是指改变对象的长度和圆弧的包含角度。拉长（Lengthen）命令一般用于修改直
线、圆弧、椭圆弧以及开放的多段线、开放的样条曲线等非闭合的对象。

2. 启动命令

（1）在命令行中输入"Lengthen"命令。

（2）选择"修改"下拉菜单中的"拉长"命令。

3. 使用方法

执行命令后，命令行提示如下：

命令：_lengthen

选择对象或[增量（DE）/百分数（P）/全部（T）/动态（DY）]：　　（选择要拉长的对象）

当前长度：50.0000

选择对象或[增量（DE）/百分数（P）/全部（T）/动态（DY）]：（输入一个命令选项并回车）

各选项功能如下。

（1）增量（DE）：用户给出一个长度或角度增加值，正值为增加，负值为缩短。对象总是从距离选择点最近的端点开始增加或缩短增量值。

（2）百分数（P）：用户给出一个百分数，系统以对象的总长度或总角度乘以该百分数得到的值来改变对象的长度或角度。

（3）全部（T）：用户给出一个长度或角度，系统用当前值改变对象的长度或角度。长度值的取值范围为正整数；角度值的取值范围在 0～360 度之间。

（4）动态（DY）：用户不用给出具体值，只需要拖动鼠标即可改变对象的长度值或角度值。

在使用以上四种命令选项时，用户均可以连续选择多个对象并用相同值对其进行修改。

【例 2 - 5】　用拉长命令缩短如图 2 - 32（a）所示图形中的 AB 线段，效果如图 2 - 32（b）所示。

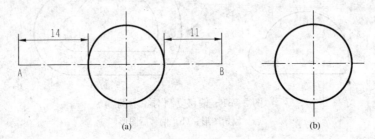

图 2 - 32　拉长对象示例

(a) 原始图形；(b) 拉长后图形

具体操作过程如下：

选择对象或 [增量（DE）/百分数（P）/全部（T）/动态（DY）]：de　　　　　　（回车）

输入长度增量或 [角度（A)]〈0.0000〉：－12　　　　　　　　　（输入增量值并回车）

选择要修改的对象或 [放弃（U）]：　　　　　　　　　　　（选择 AB 线段左侧）

选择要修改的对象或 [放弃（U）]：　　　　　　　　　　　（回车结束命令）

选择对象或 [增量（DE）/百分数（P）/全部（T）/动态（DY）]：dy　　　　　　（回车）

选择要修改的对象或 [放弃（U）]：　　　　　　　　　　　（选择 AB 线段右侧）

指定新端点：　　　　　　　　　　　　　　　　　　　（指定新的端点）

选择要修改的对象或 [放弃（U）]：　　　　　　　　　　　（回车）

三、拉伸命令

1. 功能

拉伸（Stretch）指通过移动对象的端点、顶点或控制点来改变对象的局部形状。该命令既可以移动对象，也可以拉伸对象。选择图形对象时，若对象完全在选择窗口内，则对象被移动并不拉伸；若对象只有部分在选择窗口内，则位于选择窗口内的部分被拉伸，具体拉伸规则如下：

（1）直线：位于窗口内的端点被拉伸，而位于窗口外的端点不动。

（2）圆弧：与直线类似，但圆弧在拉伸过程中弦高保持不变，改变的是圆弧的圆心位置、圆弧起始角和终止角的值。

（3）多段线：与直线或圆弧类似，但多段线两端的宽度、切线方向均不改变。

2. 启动命令

（1）在命令行中输入"Stretch"命令。

（2）选择"修改"下拉菜单中的"拉伸"命令。

（3）单击"修改"工具条中的"拉伸"按钮 。

3. 使用方法

执行命令后，命令行提示如下：

命令：_ stretch

以交叉窗口或交叉多边形选择要拉伸的对象……

选择对象：指定对角点：　　　　　　　　　　　　　　　　（选择要拉伸的对象）

选择对象：　　　　　　　　　　　　　　　　　　　　　（回车结束对象选择）

指定基点或 ［位移（D）］〈位移〉：　　　　　　　　　　（指定拉伸的基准点）

指定第二个点或〈使用第一个点作为位移〉：　　　　　　　（指定拉伸基点的新位置）

系统默认采取"交叉窗口"方式选择并拉伸对象。在命令窗口提示"选择对象："时，输入"CP"将进入"交叉多边形"方式选择并拉伸对象。

【例2-6】　用拉伸命令将如图2-33（a）所示图形的右半部分向右侧拉伸，结果如图2-33（c）所示。

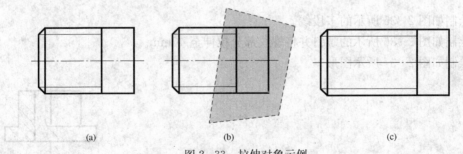

图2-33　拉伸对象示例

(a) 未拉伸前；(b) 选择拉伸对象；(c) 拉伸后

具体操作过程如下：

命令：_ stretch

以交叉窗口或交叉多边形选择要拉伸的对象…

选择对象：CP　　　　　　　　　　　　　　　　　（进入"交叉多边形"方式并回车）

第一圈围点：　　　　　　　　　　　　　　　　　　（指定第一圈围点）

指定直线的端点或［放弃（U）］：　　　　　　　　　　　　　（指定第二点）

指定直线的端点或［放弃（U）］：　　　　　　　　　　　　　（指定第三点）

指定直线的端点或［放弃（U）］：　　　　　　　　　　　　　（指定第四点）

指定直线的端点或［放弃（U）］：　　　　　　　　　　　　　（回车）

找到 7 个

选择对象：　　　　　　　　　　　　　　　　　　　　　　　（回车）

指定基点或［位移（D）]〈位移〉：　　　　　　　　　　　　（指定拉伸的基准点）

指定第二个点或〈使用第一个点作为位移〉：　　　　　　　（指定拉伸基点的新位置）

第六节　上　机　实　践

1. 按照图 2-34 中所示图层要求设置图层并保存。

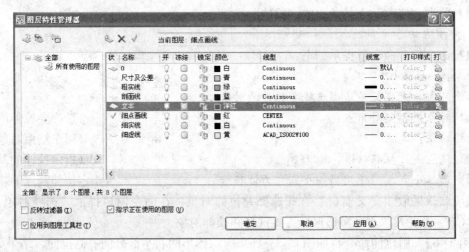

图 2-34　图层设置

2. 绘制如图 2-35 所示的多段线。

3. 绘制如图 2-36 所示的螺钉并将螺纹部分拉伸至 40mm。

4. 绘制如图 2-37 所示图形。

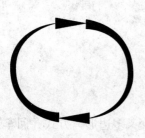

图 2-35　多段线

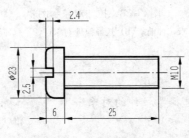

图 2-36　M10 螺钉

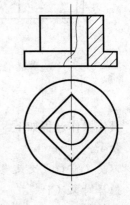

图 2-37　图案填充

第三章 图形显示控制、文字输入和图形编辑

第一节 图 形 显 示 控 制

一、显示控制命令

由于计算机绘图窗口的局限，在绘图过程中需要经常变动窗口以显示图形的不同部位、大小、状态，以方便观察和作图，从而提高作图效率。AutoCAD 常用的显示控制命令有：缩放、平移、前一窗口等。

1. 缩放（Zoom）命令

缩放（Zoom）命令类似于照相机的镜头，可以放大或缩小观察的视窗，但对象的实际尺寸保持不变。放大时，可以看到较小区域内的图形细节；缩小时，图形看起来较小，但可以从大局看图形。在执行其他命令的过程中，Zoom 命令作为透明命令执行。

缩放操作可以通过以下几种方式来实现。

（1）工具栏：单击"缩放"工具栏或"标准"工具中栏的"窗口缩放"工具按钮（见图3-1）。

（2）菜单栏：单击"视图（V）—缩放（Z）"中各选项（见图3-2）。

（3）命令行：输入"ZOOM"或"Z"后回车。

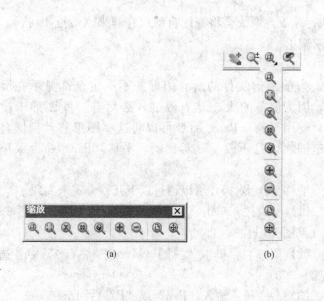

图3-1 缩放工具栏　　　　　　　　　　图3-2 "缩放"菜单
（a）"缩放"工具栏；（b）"标准"工具栏"窗口缩放"工具

缩放（Zoom）命令有多种功能，现简介如下。

（1）实时缩放：图形随着放大镜状的光标的移动放大或缩小。自下向上拖动鼠标为放大，自上向下拖动鼠标为缩小。

（2）窗口缩放🔍：指定当前显示图形中一部分较小的区域，并将此区域放大至整个窗口。此操作通过指定矩形窗口的两个对角点来实现。

（3）动态缩放🔍：缩放显示在视图框中的部分图形。带"✕"号的视图框（"✕"号表示缩放中心，视图框表示缩放的范围）表示视口，可以改变它的大小，或在图形中移动。移动视图框或调整它的大小，将其中的图像平移或缩放，以充满整个视口。

（4）比例缩放🔍：按照指定的比例放大或缩小视图，视图的中心点保持不变。此功能有 3 种缩放方式：第一种，输入的数字后加字母 x，表示相对于当前视图的缩放倍数；第二种，只输入数字，表示相对于图形界限的缩放倍数；第三种，数字后加字母 xp，表示系统将根据图纸空间单位确定缩放比例缩放。

（5）中心缩放🔍：通过指定一个新的显示中心，然后再给出一个新的缩放比例或显示高度来显示视图。如果输入的数值比默认值小，则视图放大；如果输入的数值比默认值大，则视图缩小；如果输入的数值后加字母 x，则输入数值为放大倍数。

（6）对象缩放🔍：将用尽可能大的比例来显示选定的对象，使之充满整个视口。

（7）放大🔍：将当前视图放大一倍显示。

（8）缩小🔍：将当前视图缩小一半显示。

（9）全部缩放🔍：按照定义的图形界限或当前图形范围来显示图形，即哪个范围大按哪个范围缩放。也就是说，即使绘制的图形超出了图形界限也能显示在当前视窗中。

（10）范围缩放🔍：将所有图形全部显示在屏幕上，并最大限度地充满整个屏幕。此种选择方式与图形界限无关。

（11）缩放上一个🔍：每一次执行缩放，系统会将视图自动保存起来（最近 10 次）。执行"缩放上一个"将上一次视图显示调出。

2. 平移（Pan）命令

在使用 AutoCAD 绘图过程中，当前图形文件的所有图形并不一定全部显示在屏幕内，因为屏幕的大小是有限的，必然有一些图形未被显示。使用平移（Pan）命令可以将这些图形移动到屏幕显示范围之内且不改变显示比例。平移（Pan）命令菜单如图 3 - 3 所示。

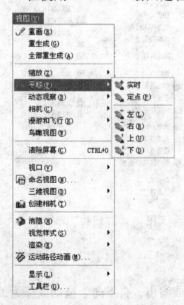

图 3 - 3 "平移"菜单

平移（Pan）操作可以通过以下几种方式来实现。

（1）工具栏：单击"标准"工具栏的"实时平移"按钮🖐（见图 3 - 1）。

（2）菜单栏：单击"视图（V）—平移（P）"中各选项（见图 3 - 3）。

（3）命令行：输入"Pan"或"P"后回车。

平移（Pan）命令的各项功能如下。

（1）实时🖐：将视图随着光标的移动而移动。

（2）定点🖐：根据指定的基点和目标点平移视图。

（3）左🖐、右🖐、上🖐、下🖐：分别沿 x 轴、y 轴方向上移动视图。

实际绘图过程中"实时平移"最常用，执行"实时平移"命令后，光标转换为类似手状图标，此时按下鼠标左键即可在绘图窗口中任意移动图形，按回车键或"Esc"键可以结束命令。

需要说明的是，对于使用三键鼠标的用户，在绘图过程中可以随时转动滚轮（中键）实现图形缩放，也可以按住滚轮不放，移动鼠标实现图形平移。在"实时平移"或"实时缩放"方式下，右击鼠标，系统会弹出显示控制快捷菜单（见图3-4），实现不同显示控制方式的切换。

退出

✓平移
　缩放
　三维动态观察器

　窗口缩放
　缩放为原窗口
　范围缩放

图3-4　显示控制快捷菜单

二、重画与重生成

1. 重画（Redraw）图形

AutoCAD在对图形进行修改和编辑过程中，有时屏幕上会显示一些临时标记或者显示不正确，比如删除同一位置的两条直线中的一条，但有时看起来好像是两条直线都被删除了，在这种情况下可以使用"重画"命令来刷新屏幕显示，以显示正确的图形。重画命令有两种，一种只用来刷新当前视口的显示，其调用方法为：命令行输入"Redraw"或"r"后回车。另一种是刷新所有视口，其调用方法如下。

（1）菜单栏："视图（V）—重画（R）"。

（2）命令行：输入"Redrawall"或"ra"后回车。

2. 重生成（Regen）图形

在绘图过程中，对于某些图形对象，如圆、圆弧等，在屏幕上以折线形式显示，如图3-5（a）中的圆弧显示为多段直线，且通过"重画"操作不能消除这种显示误差。利用"重生成"操作则可以使它们按实际形状显示，如图3-5（b）所示。"重生成"命令的调用方法如下。

（1）菜单栏："视图（V）—重生成（G）"。

（2）命令行："Regen"或"re"回车。

注意：重生成与重画在本质上是不同的，"重生成"命令不仅刷新显示，而且系统要从磁盘中调用当前图形的数据并重新计算，因此比"重画"命令执行速度慢，更新屏幕花费时间较长。

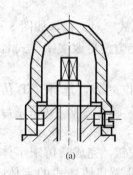

(a)　　　　　　(b)

图3-5　视图的重生成
(a) 重生成前；(b) 重生成后

第二节　文字样式设置与文本输入

文字是AutoCAD的图形对象，也是机械制图的重要组成部分。例如，机械制图中的技术要求、标题栏、明细表、尺寸标注中的文字等，文字包括汉字、数字和字母。AutoCAD为用户提供了方便快捷的字体样式设置对话框和文字输入方式。

一、文字样式设置

使用不同的字体、字高、字宽等创建的文字，其外观效果不同。文字的这些因素受文字样式的控制，不同的文字样式能表现不同的文字外观形式。创建文字时，一般先进行文字样式设置, 以满足不同的需要。调用"文字样式"命令的方法如下。

(1) 工具栏: 单击"文字"工具栏的"文字样式"按钮 。

(2) 菜单栏: "格式 (O)—文字样式 (S)"。

(3) 命令行: 输入"Style"或"ST"后回车。

执行"文字样式"命令后, 弹出"文字样式"对话框, 如图 3-6 所示。在此对话框可以创建或调用已有文字样式。

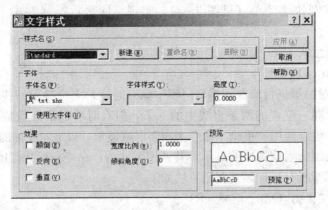

图 3-6 "文字样式"对话框

系统默认的文字样式名为"Standard", 不允许删除或重命名, 在此对话框中可以建立自己的文字样式。例如国家标准规定, 工程图样中的汉字应写成长仿宋字, 其字体应选择"T 仿宋_GB2312", 其设置步骤如下。

(1) 单击对话框中的"新建 (N) ..."按钮, 弹出"新建文字样式"对话框, 如图 3-7 所示。系统默认的文字样式的名称为"样式 1", 用户可以根据记忆方便更改文字样式名称, 如改为"长仿宋", 更改后按"确定"按钮, 如图 3-7 所示。

图 3-7 "新建文字样式"对话框

(2) 打开"字体名"下拉列表, 选择"T 仿宋_GB2312", 将"宽度比例"设置为 0.7 (字宽与字高之比为 0.7), 即长仿宋体, 如图 3-8 所示。

(3) 单击"应用 (A)"按钮, 完成长仿宋字体的设置。重复以上过程可以设置其他样式的字体。单击"关闭 (C)"按钮结束文字样式设置。

下面进行简要说明。

(1) 字体"高度"选项默认值为 0, 表示字体高度可以变动, 即在每次输入单行文字时, 系统都会提示确认字高。如果输入非零数字, 则该字样就采用输入的值作为字高, 在输入单行文字时, 系统不再提示字高 (字高为设定值), 可以简化输入过程。机械制图国家标准规定标准字高系列为 1.8、2.5、3.5、5、7、10、14、20 等, 汉字字高不小于 3.5。

(2) AutoCAD 提供的字体分两类: 一类是 TrueType 字体, 字体扩展名为".tif", 例如宋体、仿宋体、黑体、楷体等, 但是该类字体不包含一些特殊符号, 如"±"、"Φ"等。另一类是矢量字体, 字体扩展名为".shx", 例如"gbeitc.shx"、"txt.shx"等。

图 3 - 8　长仿宋字体设置

（3）大字体是指专为亚洲国家设计的文字字体。其中"gbcbig. shx"是符合国标的工程汉字字体，该字体文件还包含一些常用的特殊符号。由于"gbcbig. shx"中不包含西文字体定义，因此使用时可将其与"gbenor. shx"（正体西文）和"gbeitc. shx"（斜体西文）配合使用，使汉字与数字和字母混排时字高统一协调。

【例 3 - 1】　创建符合国标的 5 号工程文字样式。

创建符合国标的 5 号工程文字样式过程如下。

（1）执行"文字样式"命令，弹出"文字样式"对话框，如图 3 - 6 所示。

（2）单击 新建(N)... 按钮，弹出"新建文字样式"对话框，在"样式名"文本框中输入文字样式的名称"工程文字5"，如图 3 - 9 所示。

（3）单击 确定 按钮，返回"文字样式"对话框。在"字体"下拉列表中选择"gbeitc. shx"后再勾选"使用大字体"，在"大字体"下拉列表中再选择"gbcbig. shx"，在"高度（T）"文本框中输入数字"5"，如图 3 - 10 所示。

图 3 - 9　"新建文字样式"对话框

（4）单击 应用(A) 按钮，关闭"文字样式"对话框，完成文字样式设置，AutoCAD 将"工程文字 5"作为当前文字样式。

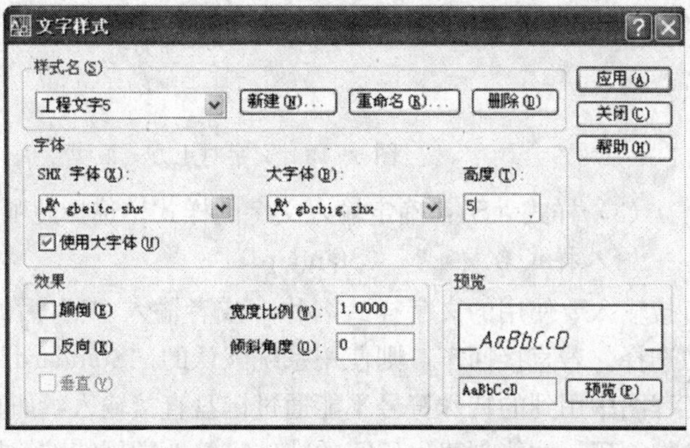

图 3 - 10　工程文字字体设置

二、用 Text 输入单行文字

单行文字是指 AutoCAD 会将输入的每一行文字作为一个对象来处理，它主要用于一些不需要多种字体的简短输入，调用"单行文字"命令的方法如下。

（1）工具栏：单击"文字"工具栏中"单行文字"按钮 **AⅠ**。

（2）菜单栏："绘图（D）—文字（X）—单行文字（S）"。

（3）命令行：输入"Text"或"DText"或"DT"后回车。

执行命令后，命令行提示：

当前文字样式：Standard   当前文字高度：2.5000

指定文字的起点或［对正（J）/样式（S）］：

命令行中各选项功能说明如下。

（1）指定文字的起点：确定文字行基线的起始点位置。AutoCAD 按英文书写特点为文字定义了四条参考线，用以确定输入文字的位置和对正方式，如图 3-11 所示。这四条线分别为顶线、中线、基线和底线，这里的中线是大写字符高度的水平中心线（顶线至基线的中间），不是小写字符高度的水平中心线。

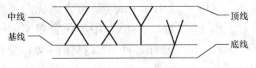

图 3-11　文字位置和对正参考线

（2）对正（J）：控制文字的对正方式。选择此项后，命令行提示：

输入选项

［对齐（A）/调整（F）/中心（C）/中间（M）/右（R）/左上（TL）/中上（TC）/右上（TR）/左中（ML 快）/正中（MC）/右中（MR）/左下（BL）/中下（BC）/右下（BR）］：

在此提示下，选择输入文字对正方式。此时也可单击鼠标右键，弹出如图 3-12 所示的快捷菜单，从中选择文字对正方式。

以上各选项中的上、中、下是相对于四条参考线决定文字的上下位置，左、右、中是文字的起点和终点的位置，如图 3-13 所示。

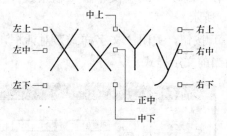

图 3-13　文字对正方式说明

图 3-12　文字对正方式快捷菜单

（3）样式（S）：确定输入文字的样式。选择此项后，命令行提示：

输入样式名或［?］〈Standard〉：

此时用户可以直接输入要使用的文字样式名称，或者输入"?"后回车，系统显示已定义的文字样式供用户选择。若直接回车，则使用系统默认的"Standard"样式。

另外，由于在工程图中用到的特殊符号不能通过键盘直接输入，如直径符号、角度符号等，必须输入相应的控制码，才能创建出所需的特殊字符，常用特殊符号输入方法如下：度"°"，%%D，例如 45°，输入为"45%%D"；直径"ϕ"，%%C，例如 ϕ50，输入为"%%

C50"；正负号"±"，%%P，例如±0.05，输入为"%%P0.05"；百分号"%"，%%%，例如 50%，输入为"50%%%"。

【例 3 - 2】 用 Text 命令输入如图 3 - 14 所示文字。

标记	处数	分区	更改文件号	签名	日期		*HT150*		河南科技大学	
设计	(姓名)	(日期)	标准化	(姓名)	(日期)				填料压盖	
							阶段标记	质量	比例	
审核									*TLYG-01*	
工艺			批准				共 张 第 张			

图 3 - 14 单行文字输入

输入"河南科技大学"命令行提示如下：

命令：text （选择"单行文字"命令）

当前文字样式：Standard 当前文字高度：2.5000 （系统显示当前文字样式、字高）

指定文字的起点或［对正（J）/样式（S）］：s （选择"样式"选项）

输入样式名或［?］〈Standard〉：工程文字 5 （输入文字样式名）

当前文字样式：工程文字 5 当前文字高度：5.0000 （系统显示当前文字样式、字高）

指定文字的起点或［对正（J）/样式（S）］：j （选择"对正"选项）

输入选项

［对齐（A）/调整（F）/中心（C）/中间（M）/右（R）/左上（TL）/中上（TC）/右上（TR）/左中（ML）/正中（MC）/右中（MR）/左下（BL）/中下（BC）/右下（BR）］：m

（选择"中间"对正）

指定文字的中间点： （指定文字中间点）

指定文字的旋转角度〈0〉： （回车）

输入文字：河南科技大学 （输入文字内容）

结果如图 3 - 15 所示。

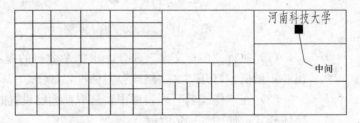

图 3 - 15 单行文字输入结果

依次输入其他文字，结果如图 3 - 14 所示。

三、用 Mtext 输入多行文字

对于较长、较为复杂的文字内容，采用"多行文字"输入比较方便。"多行文字"命令创建的文字，无论包含多少行，AutoCAD 都将其作为一个独立的对象。调用"多行文字"命令的方法如下。

（1）工具栏：单击"绘图"工具栏中的"多行文字"按钮A。

（2）菜单栏："绘图（D)—文字（X)—多行文字（M)"。

（3）命令行：输入"Mtext"或"T"或"MT"后回车。

用户在执行"多行文字"命令后，需要拾取两点，拉出一个矩形边界框，系统弹出如图 3-16 所示的"文字格式"对话框。该对话框由工具栏和带标尺的文字输入框组成，在文字输入框中单击右键，即可打开如图 3-17 所示的文字快捷菜单。

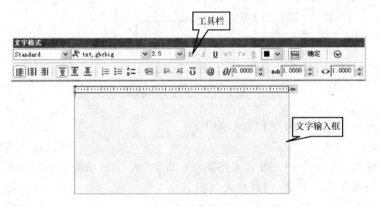

图 3-16 "文字格式"对话框

各部分功能如下。

（1）"文字格式"工具栏：用于控制多行文字对象的文字样式和各种字符格式、对正方式、项目编号等。

（2）"文字输入框"：用于输入和编辑文字对象。

（3）多行文字快捷菜单：主要用于工具栏的控制、文字段落的编辑、特殊字符的输入等。

图 3-17 多行文字
快捷菜单

【例 3-3】 用 MText 命令输入如图 3-18 所示的多行文字。

技术要求

1. 调质处理 240-280HBS

2. 锐边倒角 2×45°

图 3-18 多行文字输入示例

（1）执行"多行文字"命令，根据命令行的提示，指定两点拉出一矩形框，打开"文字格式"对话框，如图 3-16 所示。

（2）在"样式名"列表框中，选取前面已设置的"工程文字5"字体样式，如图 3-19 所示。

（3）输入多行文字内容，如图 3-20 所示。

（4）单击"确定"按钮，完成多行文字输入，如图 3-18 所示。

四、编辑文字

用户可以对已输入的文字的内容、字体、字高、对正方式等进行编辑，执行"编辑文字"命令的主要方式如下。

（1）工具栏：单击"文字"工具栏"编辑"按钮 。

（2）菜单栏："修改（M)—对象（O)—文字（T)"。

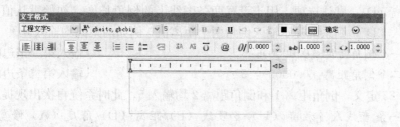

图 3-19　选取字体

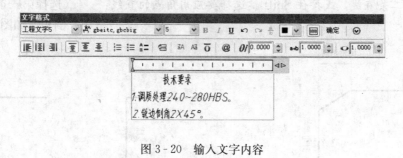

图 3-20　输入文字内容

（3）命令行：输入"Ddedit 或 ED"后回车。

执行命令后，在"选择注释对象或 ［放弃（U）］："的提示下，选择需要编辑的文字。

如果拾取的文字对象是由"多行文字"命令创建的，系统将弹出"文字格式"对话框，在此对话框中，可以直接修改文字的内容、样式、字体、字高、对正方式等特性。

如果拾取的文字对象是由"单行文字"命令创建的，系统将出现一个反白显示的单行文字输入框，用户在此只能对文字内容进行修改，如图 3-21所示。对于其他文本特性可以通过"特性"对话框修改，请参见第五章第一节。

图 3-21　单行文字编辑

第三节　图　形　编　辑

一、倒角（Chamfer）

倒角就是在两条非平行线之间创建直线的方法。一般用于倒角的对象包括直线、多段线、射线、构造线等。执行"倒角"命令主要有以下几种方式。

（1）工具栏：单击"修改"工具栏中的"倒角"按钮。

（2）菜单栏：选择"修改（M）"—"倒角（C）"。

（3）命令行：输入命令"Chamfer"或"CHA"后回车。

执行命令后，AutoCAD 提示：

（"修剪"模式）当前倒角距离 1=0.0000，距离 2=0.0000

选择第一条直线或 ［放弃（U）/多段线（P）/距离（D）/角度（A）/修剪（T）/方式（E）/多个（M）］：

命令行中主要选项功能如下。

(1) 距离（D）：默认选项，用于设置两条图线上的倒角长度（初始默认值为 0）。在上面提示中输入"D"，则系统提示输入倒角两个距离值，例如两距离均输入 5。

指定第一个倒角距离〈0.0000〉：5　　　　　　　　　　　　　（输入第一条边的倒角距离）

指定第二个倒角距离〈0.0000〉：5　　　　　　　　　　　　　（输入第二条边的倒角距离）

按图 3-22 定义，倒角距离 1 和倒角距离 2 均输入 5，此时系统再次出现提示：

选择第一条直线或［放弃（U）/多段线（P）/距离（D）/角度（A）/修剪（T）/方式（E）/多个（M）］：　　　　　　　　　　　　　　　　　（选择第一条直线）

选择第二条直线，或按住 Shift 键选择要应用角点的直线：　　　（选择第二条直线，完成
　　　　　　　　　　　　　　　　　　　　　　　　　　　倒角，如图 3-23 所示）

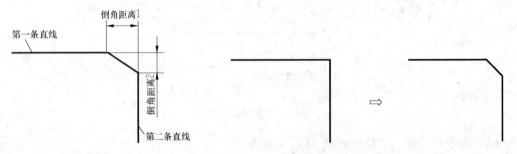

图 3-22　倒角距离定义　　　　　　　　　　　图 3-23　距离为 5 的倒角

(2) 角度（A）：另外一种倒角方式，此种方式需要指定第一条图线的倒角长度和第一条图线的倒角角度。输入"A"则系统提示：

指定第一条直线的倒角长度〈0.0000〉：5　　　　　　　　　　（输入第一条边的倒角长度）

指定第一条直线的倒角角度〈0〉：30　　　　　　　　　　　　（输入第一条边的倒角角度）

按图 3-24 定义倒角长度为 5，倒角角度为 30°，其结果如图 3-25 所示。

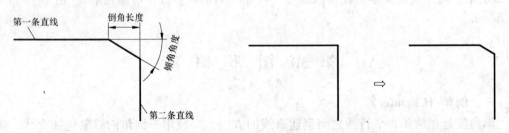

图 3-24　倒角长度和角度定义　　　　　　　　图 3-25　倒角长度 5 和角度 30°

(3) 多段线（P）：用于对多段线中的各元素同时进行倒角。输入"P"后，系统将按照当前的倒角参数对多段线每一个顶点处的相交元素倒角。

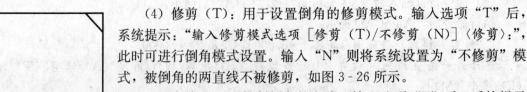

(4) 修剪（T）：用于设置倒角的修剪模式。输入选项"T"后，系统提示："输入修剪模式选项［修剪（T）/不修剪（N）］〈修剪〉："，此时可进行倒角模式设置。输入"N"则将系统设置为"不修剪"模式，被倒角的两直线不被修剪，如图 3-26 所示。

(5) 方式（E）：控制倒角的方式。输入选项"E"后，系统提示选择"距离"或"角度"倒角方式。

图 3-26　不修剪倒角

二、倒圆角（Fillet）

通过倒圆角可以方便、快速地在两个图形对象之间绘制平滑的过渡圆弧线。执行"倒圆角"命令主要有以下几种方式。

（1）工具栏：单击"修改"工具栏中"倒圆角"按钮 。

（2）菜单栏：选择"修改（M）—圆角（F）"。

（3）命令行：输入命令"Fillet"或"F"后回车。

执行命令后，AutoCAD 提示：

当前设置：模式＝修剪，半径＝0.0000

选择第一个对象或［放弃（U）/多段线（P）/半径（R）/修剪（T）/多个（M）］：

"倒圆角"命令与"倒角"命令的执行过程相似，先设置倒圆角半径 R，然后再选取对象。

【例 3-4】 将图 3-27（a）所示的 5 组图形，用半径为 5 的圆弧倒圆角。

命令执行过程如下：

命令 _ fillet （执行"倒圆角"命令）

当前设置：模式＝修剪，半径＝0.0000

选择第一个对象或［放弃（U）/多段线（P）/半径（R）/修剪（T）/多个（M）］：r

（选择"半径"选项）

指定圆角半径 〈0.0000〉：5 （输入半径值）

选择第一个对象或［放弃（U）/多段线（P）/半径（R）/修剪（T）/多个（M）］：

（选择对象 A）

选择第二个对象，或按住 Shift 键选择要应用角点的对象： （选择对象 B）

结果如图 3-27（b）所示。

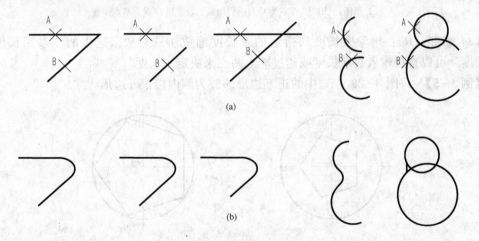

图 3-27 倒圆角示例

(a) 倒圆角前；(b) 倒圆角后

三、比例缩放（Scale）

"比例缩放"用于将对象按指定的比例因子相对于指定的基点放大或缩小。执行该命令的方法如下。

（1）工具栏：单击"修改"工具栏中"缩放"按钮□。

（2）菜单栏：选择"修改（M）—缩放（L）"。

（3）命令行：输入命令"Scale"或"SC"后回车。

执行命令后，AutoCAD 提示：

选择对象：找到 1 个　　　　　　　　　　　　　　　　　　　（选择对象）

选择对象：　　　　　　　　　　　　　　　　　　　　　　（回车结束选择）

指定基点：　　　　　　　　　　　　　　　　　　　　　　（指定缩放基点）

指定比例因子或［复制（C）/参照（R）]〈1.0000〉：　（指定比例因子或选择缩放方式）

命令行中选项功能如下。

（1）指定比例因子：通过输入比例因子来放大或缩小图形对象。大于 1 的比例因子使对象放大，介于 0 和 1 之间的比例因子使对象缩小。

（2）复制（C）：输入"C"选项，可以在缩放对象的同时创建对象的副本。如图 3-28 所示，图中矩形分别以左下角点 A、矩形中心点 O 为基点进行比例缩放，比例因子为 0.5，同时复制了源对象。

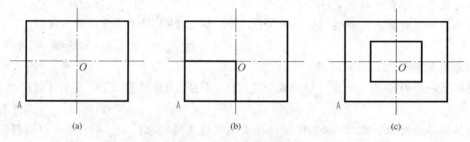

图 3-28　缩放并复制图形对象

（a）原图；（b）以 A 点为基点进行缩放；（c）以 O 点为基点缩放

（3）参照（R）：按参照长度和指定的新长度缩放所选对象。这里的"参照长度"和"新长度"可以直接输入数字长度或通过输入两点来决定"长度"。

【例 3-5】 将图 3-29（a）中的正五边形缩放为圆内接正五边形。

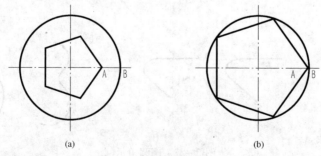

图 3-29　参照缩放示例

（a）缩放前；（b）缩放后

命令执行过程如下：

命令：_scale　　　　　　　　　　　　　　　　　　　　（执行"缩放"命令）

选择对象：找到 1 个　　　　　　　　　　　　　　　　　（选择正五边形）

选择对象：　　　　　　　　　　　　　　　　　　　　　　　（回车）

指定基点：　　　　　　　　　　　　　　　　　　　　（选取圆心作基点）

指定比例因子或［复制（C）/参照（R）］〈1.5314〉：r　　（选取"参照"选项）

指定参照长度〈7.3187〉：指定第二点：　　　（选取圆心和 A 点作为"参照长度"）

指定新的长度或［点（P）］〈20.3399〉：p　　　　　　（选择"点"选项）

指定第一点：指定第二点：　　　　　　　（选取圆心和 B 点作为"新长度"）

结果如图 3-29（b）所示。

四、打断命令（Break）

打断命令可将一个对象打断为两个对象，对象之间可以有间隙，也可以没有间隙。可被打断的图形对象有直线、圆弧、圆、多段线、椭圆、样条曲线等。执行该命令的方法如下。

（1）工具栏：单击"修改"工具栏中的"打断"按钮□。

（2）菜单栏：选择"修改（M）—打断（K）"。

（3）命令行：输入命令"Break"或"BR"后回车。

执行命令后，系统提示：

命令：_ break 选择对象：　　　　　　　　　　　　（执行命令并选择对象）

指定第二个打断点或［第一点（F）］：　　　　（直接指定打断点或执行选项）

（1）指定第二个打断点：以在选择对象时拾取的点作为第一个打断点，现在确定的为第二个打断点。确定第二个打断点的方法如下：

1）直接选取对象上的另外一点，AutoCAD 将所选取的两点之间的部分删除；

2）输入"@"，AutoCAD 将对象在所拾取的第一点处断开；

3）若在对象一端之外拾取一点，则 AutoCAD 将两个拾取点之间的那部分删除。

（2）第一点（F）：重新确定第一打断点。输入"F"选项后，系统提示：

指定第一个打断点：　　　　　　　　　　　　　　（重新指定第一打断点）

指定第二个打断点：

可以采用上述三种方法指定第二个打断点。

说明：AutoCAD 对于封闭图形圆和椭圆的打断，是按逆时针方向删除图形上第一断点到第二断点之间的部分。如图 3-30（a）所示的图形，先选择 A 点和先选择 B 点作为第一打断点的结果分别如图 3-30（b）、（c）所示。

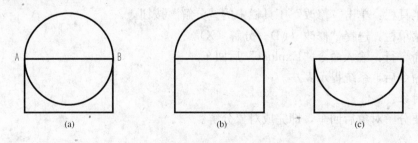

图 3-30　打断命令示例

(a) 原图；(b) 先选择 A 点打断结果；(c) 先选择 B 点打断结果

五、合并命令（Join）

合并命令（Join）用于将相似的对象合并为一个对象。执行该命令的方法如下。

（1）工具栏：单击"修改"工具栏中"合并"按钮➤。

（2）菜单栏：选择"修改（M）—合并（J）"。

（3）命令行：输入命令"Join"或"J"后回车。

执行命令后，AutoCAD 提示：

命令：_ join 选择源对象：

源对象可以是直线、多段线、圆弧、椭圆弧、样条曲线等图形对象，不同的图形对象合并操作过程略有不同。在合并圆弧和椭圆弧时，将从源对象开始按逆时针方向合并。

【例 3 - 6】 将图 3 - 31（a）中的一段圆弧合并成整圆。

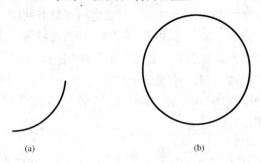

图 3 - 31　圆弧合并示例

（a）合并前；（b）合并后

合并命令执行过程如下：

命令：_ join 选择源对象：　　　　　　　　　　　　　　　　　（执行命令，选取圆弧）

选择圆弧，以合并到源或进行［闭合（L）］：l　　　　　　　（选择"闭合"选项）

选择要合并到源的圆弧：找到 1 个　　　　　　　　　　　　　　（结束命令）

结果如图 3 - 31（b）所示。

六、分解命令（Explode）

分解命令是将合成对象（多段线、多边形、剖面线、尺寸、块等）分解为其部件（直线、圆弧、文字、块等）对象。例如，在实际作图过程中，需要修改某个块中的一个或多个对象，可以先将块分解为它的组成对象，完成对象修改之后，再创建新的块定义，也可以保留组成对象不组合以供他用。调用该命令的方法如下。

（1）工具栏：单击"修改"工具栏中的"分解"按钮✂。

（2）菜单栏：选择"修改（M）—分解（X）"。

（3）命令行：输入命令"Explode"后回车。

执行命令后，系统提示：

选择对象：

选取要分解对象后回车，即完成对象分解。

第四节　上 机 实 践

1. 文字输入练习

用多行文字命令输入如图 3 - 32 所示的文字，要求字高分别为 7、5 号。

2. 绘图练习

（1）绘制图 3-33 所示的图形。

（2）绘制图 3-34 所示的图形，要求 $AB : AC = 2 : 1$。

技术要求

1. 调质处理 240-280HBS。

2. $2 \times \phi 12$ 孔距离尺寸偏差 ±0.02。

3. 锐边倒角 $1 \times 45°$。

图 3-32　文字输入练习

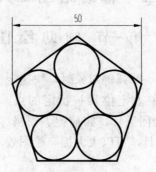

图 3-33　绘图练习（1）

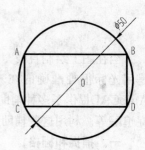

图 3-34　绘图练习（2）

第四章　辅助绘图工具及目标查询

第一节　辅 助 绘 图 工 具

当在图上绘制直线、圆、圆弧等对象时，快速定位点的方法是直接在屏幕上拾取点，但是用光标很难准确的在对象上定位某一特定的点。为了解决快速、精确定点这个问题，AutoCAD提供了多种辅助绘图工具，如捕捉、栅格、正交、对象捕捉、极轴追踪、对象捕捉追踪等。利用这些辅助工具，可以大大提高绘图效率。

一、捕捉和栅格

1. 捕捉

捕捉是指用于限制十字光标，使其按照定义的间距移动。捕捉间距在 X 方向和 Y 方向可以相同，也可以不同，捕捉间距可以在如图 4-1 所示的"草图设置"对话框中进行设置，具体操作如下：

点击下拉菜单"工具—草图设置"命令，或在状态栏中的"捕捉"按钮上点击鼠标右键，在弹出的快捷菜单中，单击"设置"，弹出"草图设置"对话框，单击"捕捉和栅格"选项卡，如图 4-1 所示，通过该对话框即可设置需要的参数。

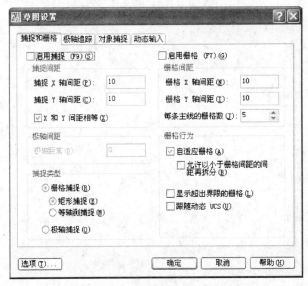

图 4-1　"草图设置"对话框

"捕捉间距"选项组中各项含义如下。

（1）"启用捕捉"复选框：选中或取消该复选框即可启用或关闭捕捉功能。

（2）"捕捉 X 轴间距"：设置十字光标在绘图区中的水平移动间距。

（3）"捕捉 Y 轴间距"：设置十字光标在绘图区中的垂直移动间距。

2. 栅格

栅格是显示可见的参照网格点，当打开栅格时，它在图形界限范围内显示出来，如图

4-2所示。栅格既不是图形的一部分，也不会输出，但对绘图起很重要的辅助作用，如同坐标纸一样，以方便图形的定位和度量。栅格点的间距值可在"草图设置"对话框中设置，它可以和捕捉间距相同，也可以不同。

栅格捕捉设置了其间隔距离后，调用它，十字光标只能在屏幕上作等距离移动，光标移动的间距称为捕捉分辨率。

AutoCAD的默认设置：栅格距离为 $X=10$，$Y=10$，捕捉分辨率为10。

图4-2 栅格显示

"捕捉和栅格"选项卡中"栅格间距"选项组中各项参数的含义如下。

（1）"启用栅格"复选框：选中或取消该复选框即可启用或关闭栅格功能。

（2）"栅格X轴间距"：设置栅格的水平间距。

（3）"栅格Y轴间距"：设置栅格的垂直间距。

3. 捕捉的启用方法

（1）单击状态栏中的"捕捉"按钮。

（2）打开"草图设置"对话框，选中"启用捕捉"复选框。

（3）按F9键或Ctrl+B键。

（4）在命令行输入"Snap"命令后回车，在命令行提示中，选择"开"选项。

4. 栅格的启用方法

（1）单击状态栏中的"栅格"按钮。

（2）打开"草图设置"对话框，选中"启用栅格"复选框。

（3）按F7键或Ctrl+G键。

（4）在命令行中输入"Grid"命令后回车，选择其中的"开"选项。

【例4-1】 利用栅格捕捉功能绘制如图4-3所示的图形。图中所注的尺寸都是10的倍数，所以在"捕捉和栅格"

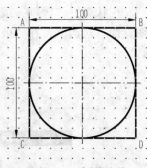

图4-3 方圆图形

选项卡中将间距均设为 10，然后进行绘图。单击状态栏中的"捕捉"和"栅格"按钮，打开捕捉和栅格功能，然后执行"画矩形"命令。命令行提示如下：

命令：_ rectang

指定第一个角点 （指定 A 点）

指定另一个角点或 ［尺寸（D）］：（拖动光标向右移动 10 格，向下移动 10 格中，鼠标 指针会自动磁吸到栅格点上，单击鼠标确定 D 点）

单击"画圆"命令按钮⊘，命令行提示如下：

命令：circle 指定圆的圆心 （从 A 点开始，将光标向右移动 5 格，向下移动 5 格，单击鼠标确定圆心）

指定圆的半径或 ［直径（D）］〈50.00〉↙ （确定半径）

二、正交

当正交模式打开时，AutoCAD 光标只能在水平或垂直方向上移动，使用户可以精确地绘制水平线和铅垂线。

启用正交命令的方法如下。

（1）单击状态栏中的"正交"按钮。

（2）按 F8 键或按 Ctrl+L 键。

（3）在命令行输入"Ortho"命令后回车，在命令提示行中选择"开"选项。

要特别注意的是，极轴和正交功能同时只能启用一个。

三、自动追踪

AutoCAD 提供的自动追踪功能，可以使用户在特定的角度和位置绘制图形。打开自动追踪功能执行绘图命令时，屏幕上会显示临时辅助线，帮助用户在指定的角度和位置上精确地绘出图形对象。自动追踪功能包括极轴追踪和对象捕捉追踪。

1. 极轴追踪

当 AutoCAD 提示用户指定点的位置时（如指定直线的另一端点），拖动光标使光标接近预先设定的方向（即极轴追踪方向），AutoCAD 将会自动将橡皮筋线吸附到该方向，同时沿该方向显示出极轴追踪矢量，并浮出一小标签，说明当前光标位置相对于前一点的极坐标，如图 4-4 所示。

（1）启用命令方法。

1）单击状态栏中的"极轴"按钮。

2）按 F10 功能键。

3）在状态栏"极轴"按钮上单击鼠标右键，弹出快捷菜单，选择"设置"选项，弹出"草图设置"对话框，在"极轴追踪"选项卡中，选中"启用极轴追踪"复选框，如图 4-5 所示。

（2）设置极轴追踪角。

使用极轴追踪时，需要先设置一下角度，也就是要设置极轴追踪角，让系统在一定角度上进行追踪，AutoCAD 默认的极轴追踪角值为 90°，用户可根据需要在"极轴追踪"选项卡中对其值进行设置。

图 4-4   显示极轴追踪矢量

（3）"极轴追踪"选项卡的主要选项功能。

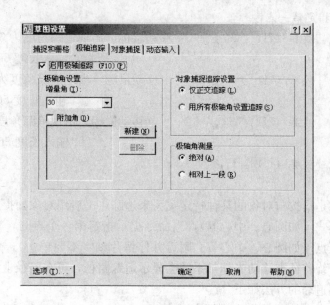

图4-5　"极轴追踪"选项卡

1）"启用极轴追踪"复选框：打开或关闭极轴追踪。

2）"极轴角设置"选项组。

"增量角"下拉列表框：指定角度增量值。当选择或输入某一增量角后，系统将沿与增量角成整数倍的方向指定点的位置。

"附加角"复选框：除了成规律变化的角度之外，用户还可以选择附加角选项，设置附加角度值。附加角的作用可以避免每次画角度都去更改极轴追踪角的设置，例如：用户要画35°时，可以将极轴追踪角设置成30°，附加角设置为5°，这样并不影响继续做其他的30°整数倍数的角。

3）"极轴角测量"选项组。

"绝对"复选框：基于X轴的正方向确定极轴追踪角度。

"相对上一段"复选框：基于刚绘制的上一段直线的方向测量极轴追踪角。

【例4-2】　利用极轴追踪功能绘制如图4-6所示的图形。

分析图形发现这是一个倾斜角度为30°的正方形，四条边的倾斜角度都是30°的倍数，所以设置增量角为30°，然后开始绘图。

执行绘制直线命令，命令行提示如下：

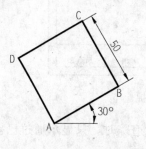

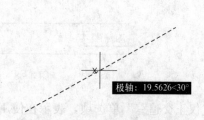

图4-6　极轴追踪举例　　　　　　　　　图4-7　追踪过程

命令：_line 指定第一点　　　　　　　　　　　　　　　　　　　（确定第一点 A）

指定下一点或［放弃（U）］：50↙　　　（移动鼠标，出现追踪角度为 30°的追踪线，如图
　　　　　　　　　　　　　　　　　　　4-7 所示，输入长度 50，回车得到 B 点）

指定下一点或［放弃（U）］：50↙　　　（移动鼠标，出现追踪角度为 120°的追踪线时，
　　　　　　　　　　　　　　　　　　　输入长度 50，回车得到 C 点）

指定下一点或［放弃（U）］：50↙　　　（移动鼠标，出现追踪角度 210°的追踪线时，
　　　　　　　　　　　　　　　　　　　输入长度 50，回车得到 D 点）

指定下一点或［放弃（U）］：C↙　　　　　　　　　　　　　　　（封闭图形）

2. 对象捕捉追踪

对象捕捉追踪是指按与对象的某种特定关系来追踪点。启用对象捕捉追踪，并设置一个或多个对象捕捉模式（如圆心、中心等），当命令提示指定第一个点时，将光标移动到要追踪的对象上的特征点（如圆心、中心等）附近并停留片刻（不要单击），便会显示特征点的捕捉标记和提示，绕特征点移动光标，系统会显示追踪路径，可在路径上选择一点。

启用对象捕捉追踪的方法如下。

（1）单击状态栏中的"对象追踪"按钮。

（2）按 F11 键。

（3）在状态栏"对象捕捉"按钮上单击鼠标右键，弹出快捷菜单，选择"设置"选项，弹出"草图设置"对话框，在"对象捕捉"选项卡中，勾选"启用对象捕捉追踪"复选框，如图 4-8 所示。

在"草图设置"对话框"极轴追踪"的选项卡中，包含有"对象捕捉追踪设置"栏，其中有两种方式可供选择。

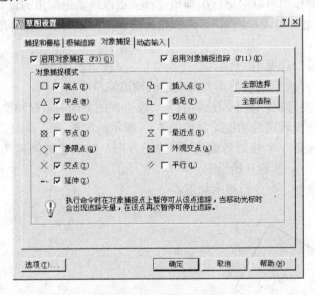

图 4-8　设置对象捕捉

（1）"仅正交追踪"单选项，表示在使用对象捕捉追踪时，只显示通过已获得的捕捉点的正交（水平/垂直）追踪路径。

（2）"用所有极轴角设置追踪"单选项，表示可以沿预先设置的极轴角方向进行追踪。

【例 4 - 3】 已知图 4 - 9（a）所示的矩形，绘制其中的圆，要求圆心在矩形的中心位置。

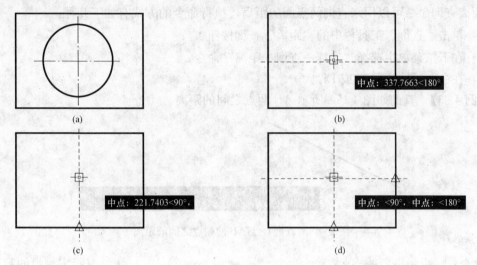

图 4 - 9　利用追踪线绘制图形
（a）要求绘制的图形；（b）水平方向上追踪；（c）垂直方向上追踪；（d）两条追踪线交汇

（1）执行画圆命令，系统会提示输入圆心坐标，移动鼠标到矩形短边的中点位置，待出现中点捕捉符号"△"和一个"＋"后，左右移动鼠标会出现一条追踪线，如图 4 - 9（b）所示。

（2）用同样的方法从矩形长边的中点处上、下移动鼠标，出现另一条追踪线，如图 4 - 9（c）所示。

（3）移动鼠标到矩形的中心位置，会出现有两条相交的追踪线，如图 4 - 9（d）所示。

（4）单击鼠标左键，确定圆心，然后输入半径即可绘制出圆。

第二节　目　标　查　询

目标查询命令可用来查询图形对象的相关信息。例如，查询某一点的坐标值、两点间的距离、封闭线条所围成的区域面积或者列出对象的相关信息。在 AutoCAD 中，可以选择"工具—查询"子菜单命令或使用"查询"工具栏来查询图形对象的各种信息，如图 4 - 10 所示。

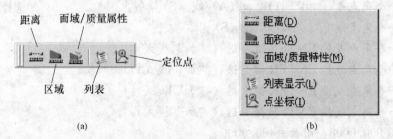

图 4 - 10　查询命令
（a）"查询"工具栏；（b）菜单栏中的查询命令

一、距离查询

距离查询命令可以用来查询两点间的距离，执行命令的方式有如下几种：

1）单击"查询"工具栏中的"距离"查询按钮 ![按钮]；

2）在下拉菜单中选择"工具—查询—距离"命令；

3）在命令行输入 Dist 或 Di。

【例 4-3】 查询如图 4-11 所示 AB 两点之间的距离。

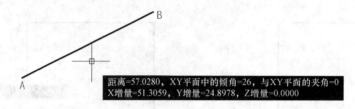

图 4-11   查询直线 AB 两端点之间的距离

命令：'_ dist 指定第一点：   （指定测量的起点 A）

指定第二点：   （指定测量的终点 B）

距离＝57.0280，XY 平面中的倾角＝26，   （查询结果）

与 XY 平面的夹角＝0

X 增量＝51.3059，Y 增量＝24.8978，Z 增量＝0.0000

二、面积查询

面积查询命令可以用来查询封闭区域的面积及周长，对于由直线、圆弧组成的复杂封闭图形，不能直接执行面积查询命令，必须先把计算面积的图形创建一个面域（region）或多段线对象，再执行面积查询命令。执行面积查询命令的方式有以下几种：

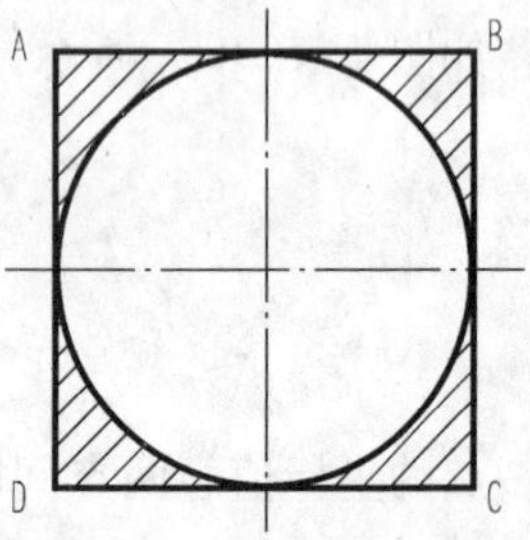

1）单击"查询"工具栏中的"面积"查询按钮 ![按钮]；

2）在下拉菜单中选择"工具—查询—面积"命令；

3）在命令行输入"Area"。

【例 4-4】 查询如图 4-12 所示阴影部分的面积。

图 4-12   阴影面积查询

根据所给图形特点，阴影部分面积可利用矩形的面积减去圆的面积得到。执行面积查询命令，命令行提示如下：

命令：_ area

指定第一个角点或 [对象（O）/加（A）/减（S）]：a↙   （选择"加"选项）

指定第一个角点或 [对象（O）/减（S）]：   （捕捉 A 点）

指定下一个角点或按 ENTER 键全选（"加"模式）：   （捕捉 B 点）

指定下一个角点或按 ENTER 键全选（"加"模式）：   （捕捉 C 点）

指定下一个角点或按 ENTER 键全选（"加"模式）：   （捕捉 D 点）

指定下一个角点或按 ENTER 键全选（"加"模式）：↙   （查询结果）

面积＝10 000.0000，周长＝400.0000

总面积＝10 000.0000

指定第一个角点或 [对象（O）/减（S）]：s↙   （选择"减"选项）

指定第一个角点或［对象（O）/加（A）］：o✓　　　　　　（选择"对象"选项）

（"减"模式）选择对象：面积＝7853.9816　　　　（选择圆图形，系统测量出圆的面

圆周长＝314.1593，总面积＝2146.0184　　　　　积、周长及阴影部分的面积）

第三节　上 机 实 践

1. 使用"Line"命令并结合正交模式，绘制如图 4-13 所示图形。

2. 利用自动追踪功能，绘制如图 4-14 所示的图形。

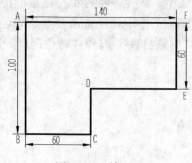

图 4-13　练习 1

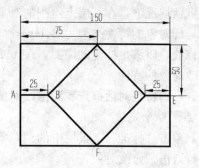

图 4-14　练习 2

3. 利用目标查询工具，查询图 4-15（a）中圆心 A、B 之间的距离以及图 4-15（b）中阴影部分的周长及面积。

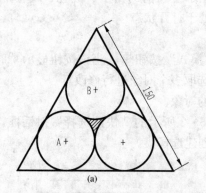

图 4-15　练习 3

第五章　特性修改与夹点编辑

第一节　特性的修改

特性修改是指对所选对象的图层、颜色、线型、线型比例、线宽等基本特性及该对象的几何特性进行修改操作。

在默认情况下，在某层上绘制的对象，其颜色、线型、线宽等特性都与该层的特性设置相一致，即对象的特性类型为 Bylayer（随层）。但在实际工作中，经常需要对某些对象的属性进行修改，以满足特定的需要。AutoCAD 提供了"对象特性"和"特性匹配"工具用于修改对象的特性。

一、利用特性对话框查看和修改对象特性

1. 启用命令方法

（1）单击"标准"工具栏中的"对象特性"按钮。

（2）双击某修改对象。

（3）在命令行中输入"Properties"。

执行命令后，弹出如图 5-1 所示的"特性"对话框，利用该对话框可以对所选对象的任一特性进行查看和修改。所选对象不同，"特性"对话框中显示的内容与项目也各不相同。图 5-1 所示为没有选择对象时的特性对话框，它显示了当前的图层、颜色、线型、线宽、打印样式等设置。在绘图过程中，特性对话框可以处于打开状态。

2. "特性"对话框中各选项的作用

（1）"模式"按钮：单击此按钮将替换显示"模式"按钮。当该按钮显示时，只能选取单个对象进行修改；当该按钮显示时，可选取多个对象进行修改。

（2）选择对象按钮：单击此按钮，可选择新的对象。

（3）快速选择按钮：单击此按钮，弹出如图 5-2 所示的"快速选择"对话框。用户可通过此对话框指定过滤条件，并根据该过滤条件创建选择集。

图 5-1　"特性"对话框

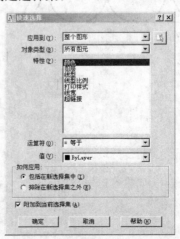

图 5-2　"快速选择"对话框

3. 常用的特性修改方法

在"特性"对话框中，修改某个对象特性的方法取决于所要修改特性的类型。归纳起来，可以使用下列方法进行修改。

（1）直接输入新值修改：通过输入一个新的数值来修改对象的相应特性，如长度、坐标值、半径、直径、面积等。

（2）从下拉列表中选择值：从该特性对应的下拉列表中重新选择一个值来修改对象的特性，如图层、线型、打印样式等。

（3）通过对话框改变值：对于超链接、填充图案的名称等需要用对话框设置和编辑的特性，选择该特性并单击后面按钮，在出现的对象编辑对话框中修改对象特性。

（4）利用"拾取点"按钮在绘图区改变坐标值：对于表示位置的特性（如起点坐标），可选择该特性并单击后面出现的"拾取点"按钮，在绘图区中用鼠标拾取。

【例 5-1】 利用特性对话框，将图 5-3（a）改为图 5-3（b）。修改后的图形要求：圆的半径为 40mm，圆心坐标为（50，50），线型为细虚线；直线的一个端点坐标与圆心重合，另一个端点坐标为（100，100），线型为粗实线。

（1）在 0 层上任意绘制一个圆和一条直线，如图 5-3（a）所示。

（2）单击特性按钮，弹出特性对话框，将"模式"按钮设为，在绘图窗口选择圆，此时特性对话框显示出该圆的特性，如图 5-4（a）所示。

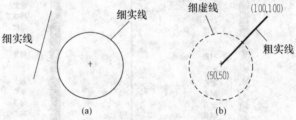

图 5-3 通过特性对话框修改对象
(a) 修改前；(b) 修改后

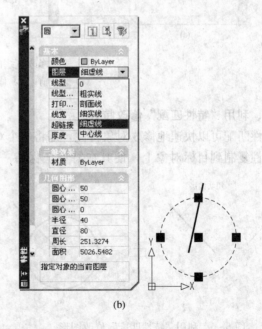

图 5-4 修改圆的特性
(a) 修改前；(b) 修改后

（3）在"基本"选项组中选择"图层"选项，右侧出现下拉箭头，单击此箭头，弹出图层下拉列表，在列表中选择"细虚线"层，由于在图层设置中已预先设置了"细虚线"层，因此圆的颜色、线型、线宽等也随之改变。

（4）在"几何图形"部分，单击"圆心 X 坐标"选项后的文本框，将其值修改为 50，圆沿横坐标方向平移；同理，单击"圆心 Y 坐标"选项后的文本框，将其值修改为 50，圆沿纵坐标方向平移；在"半径"对话框中将其值修改为 40，直径、周长、面积也随之变化。修改后的特性窗口及圆如图 5-4（b）所示。

参照步骤（1）～（4），修改直线的特性，如图 5-5 所示。

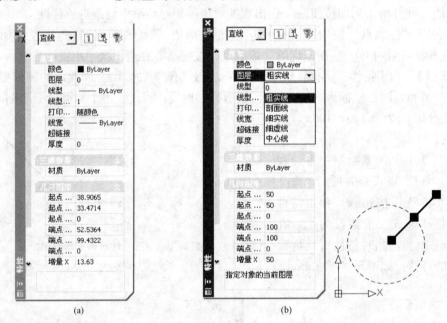

图 5-5　修改直线的特性
(a) 修改前；(b) 修改后

二、利用"特性匹配"修改特性

特性匹配可以快速地修改对象特性，即将一个对象的图层、颜色、线型、线型比例、线宽等特性复制到目标对象上，使其在特性上保持一致，其功能和用法与 Word 中的"格式刷"相似。下面以图 5-6 为例说明特性匹配工具的使用方法。

【例 5-2】 利用特性匹配工具，将图 5-6（a）修改为图 5-6（b），要求两图保持相同的颜色与线型。

单击"标准"工具栏中的"特性匹配"图标，选择源对象，其特性将成为修改对象即目标对象的特性，命令提示如下：

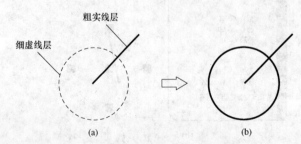

图 5-6　利用"特性匹配"修改图形
(a) 修改前；(b) 修改后

命令：'_matchprop

选择源对象：　　　　　　　　　　　　　　　　　　　　　（选择直线为源对象）

选择目标对象或［设置（S）］：　［鼠标变为，选择圆为目标对象，直线的特性便赋给

圆了，如图 5-6（b）所示］

选择目标对象或［设置（S）］：↙　　　　　　　　　　　　　　　（结束命令）

第二节　夹　点　编　辑

对于已经绘制好的图形可以采用夹点编辑功能快速直接地进行编辑。夹点就是对象本身的一些控制点。当选择对象时，会在对象上显示若干蓝色小方框，如图 5-7 所示，这些小方框就是用来标记被选中对象的夹点，这是没有被激活的夹点。如果单击某个没有被激活的夹点，该夹点就被激活，以红色小方框显示，这种处于被激活状态的夹点又称为热夹点，没有被激活的夹点称为温点。以被激活的夹点为基点，可以对图形对象执行拉伸、平移、拷贝、缩放、镜像等修改操作。对于不同的对象，用来控制其特征的夹点的位置与数目也不相同。例如，直线段和圆弧段的夹点是其两个端点和中点，圆的夹点是圆心和圆上的最上、最下、最左、最右四个点（象限点），椭圆的夹点是椭圆心与椭圆长、短轴的端点，如图 5-7 所示。

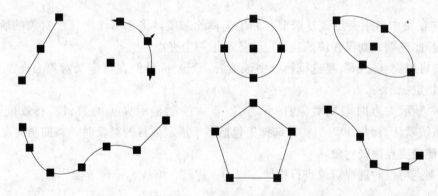

图 5-7　对象的夹点

一、夹点显示

在默认情况下，夹点是打开的。通过下拉菜单"工具—选项"命令，系统弹出如图 5-8 所示的"选项"对话框，也可以在绘图窗口的空白处单击鼠标右键，在弹出的快捷菜单最下一行选择"选项"来完成。在通过该对话框的"选择"选项卡可对夹点的显示和大小进行设置。相关选项说明如下。

（1）"夹点大小"：控制夹点的显示大小。

（2）"未选中夹点颜色"：确定未选中夹点的颜色，系统默认的未选中夹点的颜色为蓝色。

（3）"选中夹点颜色"：确定选中夹点的颜色，系统默认的选中夹点的颜色为红色。

（4）"悬停夹点颜色"：确定光标在夹点上停留时夹点显示的颜色，系统默认的悬停夹点颜色为绿色。

（5）"启用夹点"复选框：选中该项后，选择对象时在对象上显示夹点。

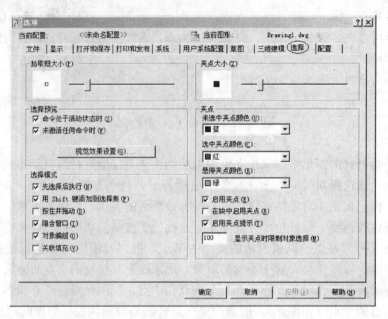

图 5 - 8　"选择"选项卡中的夹点设置

（6）"在块中启用夹点"复选框：如果选择此选项，将显示块中每个对象的所有夹点。如果不选择此选项，则仅在块的插入点位置显示一个夹点。

（7）"启用夹点提示"复选框：选中该项后，当光标悬停在自定义对象的夹点上时，显示夹点的特定提示。

（8）"显示夹点时限制对象选择"文本框：控制显示夹点的数目，有效范围为 1～32767，系统默认值为 100，当初始选择集包括多于指定数目的对象时，将抑制夹点的显示。

二、使用夹点编辑对象

利用夹点可以对选取对象进行拉伸、移动、旋转、缩放、镜像等操作。

1. 夹点拉伸

在不执行任何命令的情况下选择对象，显示其夹点，然后单击其中一个夹点作为拉伸的基点，命令行将显示如下提示信息：

** 拉伸 **　　　　　　　　　　　　　　　　　　　　　　（默认为夹点拉伸编辑）

指定拉伸点或［基点（B）/复制（C）/放弃（U）/退出（X）］：　（在绘图区拾取一点，选
　　　　　　　　　　　　　　　　　　　　　　　　　　中的夹点拉伸后将位于拾取点处）

命令行各选项含义如下。

（1）"指定拉伸点"：指定夹点拉伸的目标位置。

（2）"基点"：指定拉伸对象的基点，然后再指定基点的拉伸距离。在不选择该选项的默认情况下系统以选中的夹点作为拉伸基点。

（3）"复制"：可以对某个夹点进行连续多次拉伸，而且每拉伸一次，就会在拉伸后的位置上复制留下该图形，该操作实际上是拉伸和复制两项功能的组合。

（4）"放弃"：取消上一步的夹点拉伸操作。

（5）"退出"：退出夹点编辑功能。

夹点拉伸的效果如图 5-9 所示。

2. 夹点移动

夹点移动功能与"Move"命令的功能相似，用于将选中的对象从当前位置移动到新的位置。选中某个夹点后，在系统提示下输入"mo"或单击鼠标右键，在弹出的快捷菜单中选择"移动"命令即可进行移动操作。其命令行操作如下：

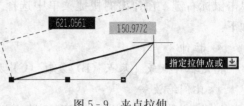

图 5-9 夹点拉伸

** 拉伸 **　　　　　　　　　　　　　　　　　　　（默认为夹点拉伸编辑）

指定移动点或 [基点（B)/复制（C)/放弃（U)/退出（X)]：mo↙　　（执行夹点移动
　　　　　　　　　　　　　　　　　　　　　　　　　　　　　　　　编辑命令）

** 移动 **　　　　　　　　　　　　　　　　　　　（提示进行夹点移动编辑）

指定移动点或 [基点（B)/复制（C)/放弃（U)/退出（X)]：　（拾取要移动到的目标点）

命令行中的选项含义与夹点拉伸中选项的含义相同。

夹点移动的效果如图 5-10 所示。

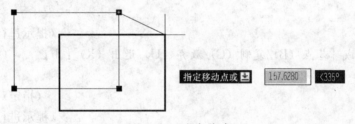

图 5-10 夹点移动

3. 夹点旋转

夹点旋转功能与 Rotate 命令的功能相似，可以将所选对象绕选中的夹点旋转指定的角度。选中某个夹点后，在系统提示信息下输入"ro"或单击鼠标右键，在弹出的快捷菜单中选择"旋转"命令即可进行旋转操作。

** 拉伸 **　　　　　　　　　　　　　　　　　　　（默认为夹点拉伸编辑）

指定拉伸点或 [基点（B)/复制（C)/放弃（U)/退出（X)]：ro↙　　（执行夹点旋转
　　　　　　　　　　　　　　　　　　　　　　　　　　　　　　　　编辑命令）

** 旋转 **　　　　　　　　　　　　　　　　　　　（提示进行夹点旋转编辑）

指定旋转角度或 [基点（B)/复制（C)/放弃（U)/参照（R)/退出（X)]：30↙　（输入
　　　　　　　　　　　　　　　　　　　　　　　　　　　　　　　旋转角度并确认）

命令行中的选项含义与夹点拉伸中选项的含义相同，"参照"的含义是帮助用户以指定的角度方向为基准来旋转图形。

夹点旋转的效果如图 5-11 所示。

4. 夹点缩放

夹点缩放功能与 Scale 命令的功能相似，用于将所选对象相对于指定的基点进行等比例缩放。选中某个夹点之后，在系统提示信息下输入"sc"或

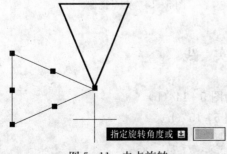

图 5-11 夹点旋转

单击鼠标右键,在弹出的快捷菜单中选择"缩放"命令即可进行缩放操作。其命令行操作如下:

　** 拉伸 **　　　　　　　　　　　　　　　　　　　　（默认为夹点拉伸编辑）

　指定拉伸点或［基点（B）/复制（C）/放弃（U）/退出（X）］: sc✓（执行缩放编辑命令）

　** 比例缩放 **　　　　　　　　　　　　　　　　　　（提示进行夹点缩放编辑）

　指定比例因子或［基点（B）/复制（C）/放弃（U）/参照（R）/退出（X）］: 0.5✓

　　　　　　　　　　　　　　　　　　　　　　　　（输入缩放比例因子并确认）

夹点缩放的效果如图 5-12 所示。

5. 夹点镜像

夹点镜像功能与"Mirror"命令的功能相似,用于将选中的对象按指定的对称线进行镜像复制。选中某个夹点后,在系统提示信息下输入"mi"或单击鼠标右键,在弹出的快捷菜单中选择"镜像"命令即可进行镜像操作。其命令行操作如下:

　** 拉伸 **　　　　　　　　　　　　　　　　　　　　（默认为夹点拉伸编辑）

　指定拉伸点或［基点（B）/复制（C）/放弃（U）/退出（X）］: mi✓　　（执行夹点镜像

　　　　　　　　　　　　　　　　　　　　　　　　　　　　　　编辑命令）

　** 镜像 **　　　　　　　　　　　　　　　　　　　　（提示进行夹点镜像编辑）

　指定第二点或［基点（B）/复制（C）/放弃（U）/退出（X）］: b✓　　（执行指定镜像对

　　　　　　　　　　　　　　　　　　　　　　　　　　　　　象的基点命令）

　指定基点:　　　　　　　　　　　　　　　　　　　　（指定对称线的第一点）

　** 镜像 **　　　　　　　　　　　　　　　　　　　　（提示进行夹点镜像编辑）

　指定第二点或［基点（B）/复制（C）/放弃（U）/退出（X）］:　　（指定对称线的第二点）

夹点镜像的效果如图 5-13 所示。

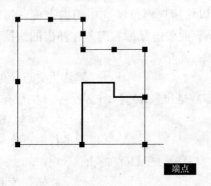

图 5-12　夹点缩放

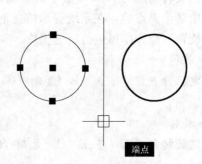

图 5-13　夹点镜像

第三节　上　机　实　践

1. 利用特性修改的方法,将图 5-14（a）修改为图 5-14（b）。

2. 利用夹点编辑功能,将图 5-15（a）修改为图 5-15（b）。

3. 利用夹点编辑,创建如图 5-16 所示的图形。

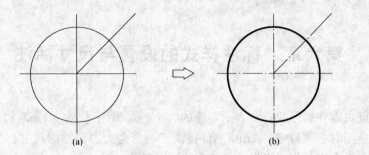

图 5-14 练习 1

(a) 修改前；(b) 修改后

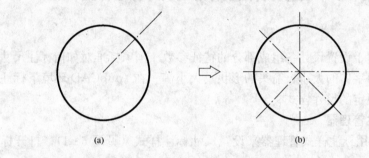

图 5-15 练习 2

(a) 修改前；(b) 修改后

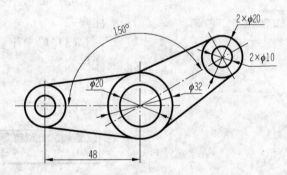

图 5-16 练习 3

第六章　标注样式的设置与尺寸标注

图形只能反映零件的形状，要表示零件的大小必须标注尺寸。国家对尺寸标注有一系列的标准规定，绘图时必须遵守。AutoCAD 提供了一套强大、完整的尺寸标注和尺寸样式定义命令，本章着重介绍如何定义尺寸样式和标注各种尺寸。

第一节　设置符合国家标准的尺寸标注样式

尺寸标注样式是用于设置尺寸各组成部分的特征参数。国家标准对如何标注尺寸做了一系列的规定，如字体、字体的大小、箭头的形状及大小等。在 AutoCAD 环境下标注尺寸时首先要设置符合国标规定的尺寸样式。

一、打开标注样式管理器

在 AutoCAD 中利用标注样式管理器来设置尺寸标注样式（见图 6-1），打开标注样式管理器有四种方法。

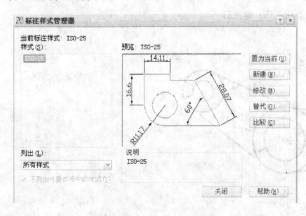

图 6-1　标注样式管理器

（1）利用快捷键"D"。

（2）单击下拉式菜单"格式—标注样式"。

（3）单击下拉式菜单"标注—标注样式"。

（4）单击"样式"工具栏（见图 6-2）中的"尺寸样式设置"按钮。

图 6-2　"样式"工具栏

二、创建标注样式

具体步骤如下。

（1）单击"标注样式管理器"中"新建"按钮，弹出如图 6-3 所示对话框。

图 6-3　"创建新标注样式"对话框

（2）AutoCAD 中默认的标注样式是"ISO-25"，但该样式不符合国家标准，因此要创建符合国标的标注样式。在"新样式名"后面的文本框中输入新的样式名，例如"机械标注"。"基础样式"文本框里默认值为"ISO-25"，即新的标注样式是在"ISO-25"基础上进行设置。"用于"文本框里默认值是"所有标注"，即新建的标注样式适用于各种尺寸标注。

（3）单击"继续"按钮，打开"新建标注样式：机械标注"对话框，如图6-4所示。对话框中共有7个选项卡。

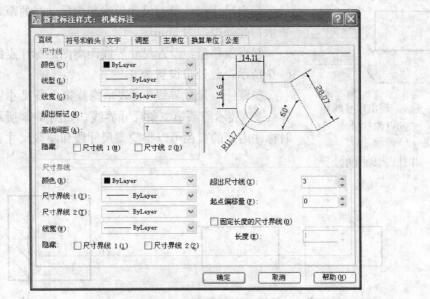

图6-4　"新建标注样式：机械标注"对话框

1）"直线"选项卡：用于设置尺寸线和尺寸界线。

①尺寸线的设置。

颜色、线型、线宽：默认值是"Byblock"，意思是"随块"。点击▽出现一个下拉列表显示多种选项，这里选择"Bylayer"，意思是"随层"。

超出标记：用来设置当箭头使用倾斜、建筑标记和无标记时尺寸线超出尺寸界线的距离，如图6-5所示。如果箭头设置为其他形式，那么该选项呈灰色显示，即没有被激活。

基线间距：使用基线标注时，设置相邻尺寸线之间的距离，可以输入参数值"7mm"。

隐藏：☑尺寸线1，表示隐藏第一条尺寸线；☑尺寸线2，表示隐藏第二条尺寸线，如图6-6所示。默认设置是两者均不勾选。

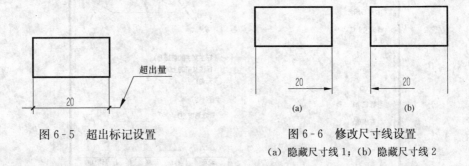

图6-5　超出标记设置

图6-6　修改尺寸线设置
（a）隐藏尺寸线1；（b）隐藏尺寸线2

②尺寸界线的设置。

颜色：默认值是"Byblock"，此处设置成"Bylayer"。

尺寸界线 1：默认值是 "Byblock"，此处设置成 "Bylayer"。
尺寸界线 2：默认值是 "Byblock"，此处设置成 "Bylayer"。
线宽：默认值是 "Byblock"，此处设置成 "Bylayer"。

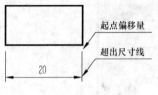

图 6-7　超出尺寸线和
起点偏移量

超出尺寸线：设置尺寸界线超出尺寸线的距离，如图 6-7 所示，此处设置为 3mm。

起点偏移量：设置尺寸界线距离图形标注点的距离，如图 6-7 所示，此处可设置为 0。

隐藏：☑尺寸界线 1，表示隐藏第一条尺寸界线，☑尺寸界线 2，表示隐藏第二条尺寸界线，如图 6-8 所示。零件半剖时标注内孔的直径可以将隐藏尺寸线和隐藏尺寸界线结合起来使用，如图 6-9 所示。

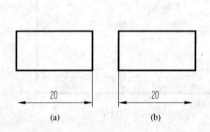

图 6-8　隐藏尺寸界线
(a) 隐藏尺寸界线 1；(b) 隐藏尺寸界线 2

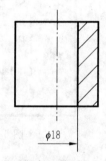

图 6-9　半剖标注

2) "符号和箭头" 选项卡：用于设置箭头形状及大小、圆心标记、弧长符号等，如图 6-10 所示。

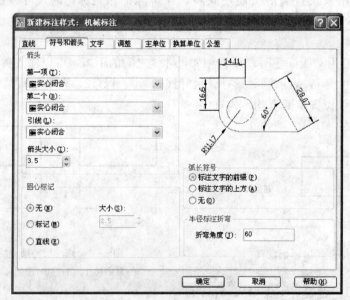

图 6-10　"符号和箭头" 选项卡

①箭头的设置。

第一项、第二个：使用下拉列表选择设置尺寸线两端箭头形式，可供选择的箭头形式有"实心闭合"、"空心闭合"、"倾斜"、"小点"等，在机械制图中选择"实心闭合"。

引线：使用下拉列表选择设置引线箭头形式，可供选择的箭头形式与上面相同。

箭头大小：设置箭头的大小，可设置为 3.5。

②圆心标记的设置。用于设置标注圆心标记和中心线的外观，可以选择标记、无标记、直线三种形式，如图 6-11 所示。

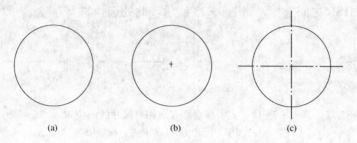

　　　　(a)　　　　　　　　(b)　　　　　　　　(c)

图 6-11　圆心标记的设置
(a) 无标记；(b) 标记；(c) 直线

③弧长符号的设置。用于设置标注弧长符号的形式，可设置为"标注文字的前缀"。

④半径标注折弯的设置。用于设置折弯标注时折弯的角度，可设置为"60"。

3）"文字"选项卡：用于设置文字外观、文字的位置和文字对齐方式，如图 6-12 所示。

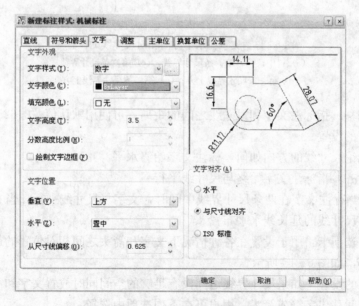

图 6-12　"文字"选项卡

①文字外观的设置。

文字样式：系统默认的文字样式是"Standard"可通过下拉列表选择前面已经设置好的文字样式，或单击□打开"文字样式"对话框设置所需文字样式。

文字颜色：默认值是"Byblock"，此处设置为"Bylayer"。

文字高度：设置为"3.5mm"，注意要与所选的文字样式中设置的字高一致。

分数高度比例：当"主单位"选项卡中"单位格式"设置是"分数"时，该选项才被激活。设置标注分数的字高系数，设置值乘以文字字高就是标注分数的字高。

绘制文字边框：设置标注的文字是否带边框。

②文字位置的设置。

垂直：确定标注文字在垂直方向相对于尺寸线的位置，通过下拉列表可在"置中"、"上方"、"外部"、"JIS"之间选择，如图6-13所示。此处选择"上方"。

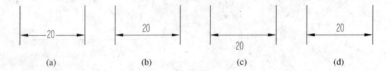

图6-13 文字在垂直方向相对尺寸线的位置
(a) 置中；(b) 上方；(c) 外部；(d) JIS

水平：确定标注文字在水平方向相对于尺寸线的位置，通过下拉列表选择文字的位置，可供选择的设置值有"置中"、"第一条尺寸界线"、"第二条尺寸界线"、"第一条尺寸界线上方"，"第二条尺寸界线上方"，如图6-14所示。此处选择"置中"。

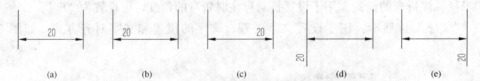

图6-14 文字在水平方向相对尺寸线的位置
(a) 置中；(b) 第一条尺寸界线；(c) 第二条尺寸界线；
(d) 第一条尺寸界线上方；(e) 第二条尺寸界线上方

从尺寸线偏移：指标注文字和尺寸线之间的距离，可使用默认值"0.625"。

③文字对齐的设置。

水平：指无论尺寸线的方向如何，标注文字始终水平。

与尺寸线对齐：指标注文字始终与尺寸线平行。

ISO标准：当标注文字在两条尺寸界线中间时，文字与尺寸线平行；当文字在尺寸界线之外时，文字与尺寸线的延长线水平布置。

4)"调整"选项卡：用于设置在各种情况下文字和箭头之间相对位置的最佳效果，以及标注特征比例等，如图6-15所示。

①调整选项的设置。如果尺寸界线之间没有足够的空间同时放置文字和箭头，那么应首先从尺寸界线之间移出字符或箭头，用户可在下列选项中选择。

文字和箭头（最佳效果）：根据尺寸界线之间的距离，标注时移出文字或箭头，或都移出来，AutoCAD自动取最佳效果。

箭头：标注时移出箭头。

文字：标注时移出文字。

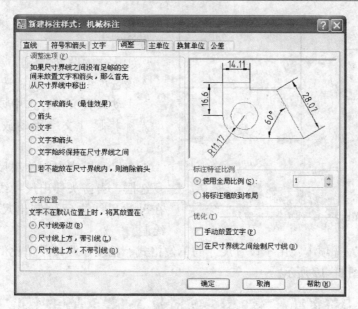

图 6-15 "调整"选项卡

文字和箭头：标注时移出文字和箭头。

文字始终保持在尺寸界线之间：无论箭头在何位置，文字始终在尺寸界线之间。

若不能放在尺寸界线内，则消除箭头。

首选设置"文字"取最佳效果。

②文字位置的设置。文字的默认位置是指在"文字"选项卡中设置的"文字位置"。如果文字不在默认位置时，用户可在下列选项中选择字符的放置位置。

尺寸线旁边：文字在尺寸线的延长线上，如图 6-16（a）所示。

尺寸线上方，带引线：文字远离尺寸线，在尺寸线和文字之间用引线连接，如图 6-16（b）所示。

尺寸线上方，不带引线：文字远离尺寸线，如图 6-16（c）所示。

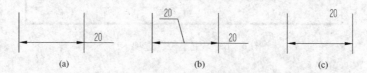

图 6-16 尺寸线不在默认位置
（a）尺寸线旁边；（b）尺寸线上方带引线；（c）尺寸线上方不带引线

从图 6-16 中可以看出图（a）符合常规，因此使用默认设置"尺寸线旁边"。

③标注特征比例的设置。

使用全局比例：用于设置尺寸特征的缩放比例，即放大或缩小尺寸的各种特征设置，如字体高度、箭头大小等。例如前面设置的字体高度为"3.5"、箭头大小为"3.5"，取默认比例系数"1"时，其字体高度和箭头大小均为设置值，如将比例系数设置为"3"则字体高度和箭头大小均放大 3 倍，如图 6-17 所示。注意该比例的变化不会改变标注的尺寸值。通常比例值设为"1"。

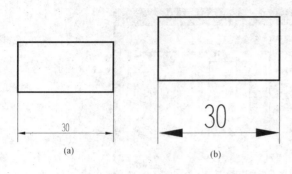

图 6-17　设置全局比例

(a) 全局比例为 1；(b) 全局比例为 3

将标注缩放到布局：设置值在图纸空间标注时有效。

④优化的设置。

该选项组有以下两种选择。

手动放置文字：选中该复选框，可移动光标将尺寸文字手动放在用户指定的位置。

在尺寸界线之间绘制尺寸线：选中该复选框，当箭头移出尺寸线之外时，也会在尺寸界线之间绘制出尺寸线，否则不绘制。

5）"主单位"选项卡：用于设置尺寸的单位格式、精度、测量单位比例、角度标注格式、精度等，如图 6-18 所示。

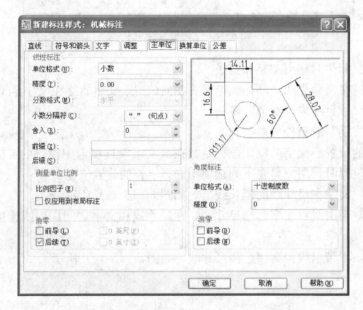

图 6-18　"主单位"选项卡

①线性标注的设置。

单位格式：设置除角度标注之外，其他各标注类型尺寸值的显示格式，在下拉列表中有多种可供选择的格式："科学"、"小数"、"工程"、"建筑"、"分数"、"Windows 桌面"，此处设置为"小数"。

精度：设置除角度标注之外其他尺寸的精度，可通过下拉列表选择。

分数格式：尺寸值不是整数时，设置尺寸显示格式。当单位格式设置为"分数"时，该项才能被激活，通过下拉列表可设置各种分数格式，如"水平"、"对角"、"非堆叠"，如图 6-19 所示（此时"精度"要重新设置）。

小数分隔符：设置小数点的显示格式，可通过下拉列表选择，此处设置为"句点"。

舍入：设置尺寸测量值（角度标注除外）的舍入值。假如不想在尺寸标注时显示小数部分，则将其设置为 0。

前缀、后缀：设置尺寸文字的前缀或后缀，在文本框中输入即可。例如，在前缀文本框中输入"%%c"表示"Φ"，输入"%%p"表示"±"号；在后缀文本框中输入"%%d"表示"°"度。

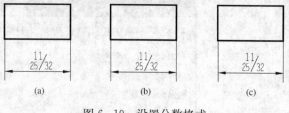

图 6-19 设置分数格式
(a) 水平；(b) 对角；(c) 非堆叠

②测量单位比例的设置。确定尺寸测量值的比例。

比例因子：设置测量尺寸的缩放比例，即尺寸标注值等于测量值乘以缩放比例，主要用在放大或缩小图形的尺寸标注中。例如，图 6-20 (a) 按 1∶1 绘制，当该图形用"缩放"命令放大或缩小后，图形的大小和尺寸数值都发生变化，如图 6-20 (b)、(c) 所示。如果只需将图形放大或缩小，而尺寸数值不变，可在比例因子文本框中重新设置缩放比例。如图 6-20 (d) 就是图 6-20 (b) 中的图形，但是比例因子设置为 0.5，因此图形放大而尺寸不变。通常采用默认值"1"，即按实际测量值标注。

仅应用到布局标准：该复选框用于设置所确定的比例关系是否仅使用于布局。

③消零的设置。设置是否显示尺寸标注中小数点前面的零或后缀零。此处选择默认设置。

④角度标注的设置。设置角度标注的格式、精度及是否消零。

单位格式：设置角度标注显示格式，在下拉列表中有多种可供选择的格式："十进制度数"、"度/分/秒"、"百分度"、"弧度"，此处选择默认设置"十进制度数"。

精度：设置角度标注精度，可通过下拉列表选择，此处设置为"0"。

消零：设置是否显示尺寸标注中小数点前面的零或后缀零。

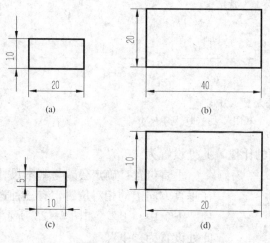

图 6-20 设置比例因子
(a) 1∶1 图形；(b) 放大 1 倍的图形；(c) 缩小 1 倍的图形；
(d) 比例因子设置为 0.5

6)"换算单位"选项卡：用于确定换算单位的格式。当勾选"显示换算单位"复选框时，该选项卡中的各选项才可用。选项卡中各项功能与"主单位"选项卡中各同名选项的功能类似。

7)"公差"选项卡：用于设置公差格式、公差精度、公差值、标注位置等，如图 6-21 所示。

①公差格式的设置。

方式：设置公差标注的表示形式。在下拉列表中有五种可供选择的格式，包括"无"、"对称"、"极限偏差"、"极限尺寸"、"基本尺寸"。如果选择"无"，则不标注公差，即"公差"选项卡未被激活，其他可选格式的显示形式如图 6-22 所示。

上偏差、下偏差：设置上、下偏差值。AutoCAD 默认上偏差为正值，下偏差为负值，如果输入正负号，系统会按照负负得正、正负为负的数学法则来确定偏差的正负号。

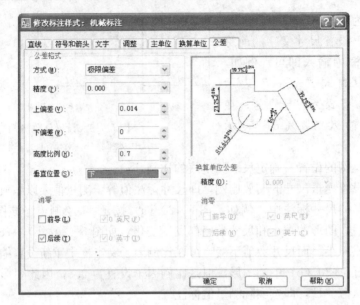

图 6 - 21 "公差"选项卡

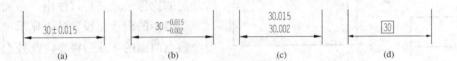

图 6 - 22 公差显示方式

（a）对称；（b）极限偏差；（c）极限尺寸；（d）基本尺寸

高度比例：设置偏差值字高与尺寸值字高的比值，此处设置为"0.7"。

图 6 - 23 垂直位置显示形式

（a）下；（b）中；（c）上

垂直位置：确定公差与基本尺寸在垂直方向上的相对位置，有三种选项"下、中、上"，如图 6 - 23 所示，此处设置为"下"。

②换算单位公差及消零均取默认设置。

三、修改标注样式

需要修改已有的标注样式时，在"标注样式管理器"中先选择一个样式名，然后单击 修改(M)... 按钮，弹出"修改标注样式"对话框，此对话框与"新建标注样式"对话框相似，修改方法与新建标注样式的设置方法一样。

四、设置当前标注样式

在"标注样式管理器"中选择一个样式名，然后单击 置为当前(U) 按钮，建立当前使用的尺寸标注样式。

五、比较标注样式

进入标注样式管理器，单击 比较(C)... 按钮，进入"比较标注样式"对话框，如图 6 - 24 所示。在"比较（C）"后面的方框里选择一种样式名，在"与（W）"后面的方框里选择另一个样式名，对话框中就会显示两种样式的各个设置值，对两个标注样式进行比较，得出它们的相同与不同之处。

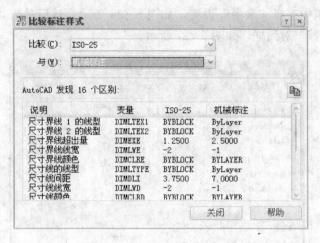

图 6-24　比较两种标注样式

六、替代标注样式

以当前样式为基础样式，创建新的标注样式，这种新样式主要用于特殊尺寸标注中，详细使用方法将在第二节中介绍。

第二节　创建尺寸替代样式

在标注尺寸过程中常会遇到特殊格式的尺寸标注，如标注角度、公差等。这时可以利用样式替代功能在某种标注样式的基础上设置一些特殊尺寸的标注样式。替换样式与原有样式并存，只有在标注特殊尺寸时才启动替换样式。下面将详细介绍如何创建角度尺寸替代样式和公差标注的尺寸替代样式。

一、创建"角度标注"替代样式

(1) 单击 ![按钮] 按钮，打开尺寸"标注样式管理器"，选择替代样式的基础样式，在这里用前面设置的"机械标注"样式作为基础样式，如图 6-25 所示。单击 置为当前(U) 按钮将基础样式设为当前样式。

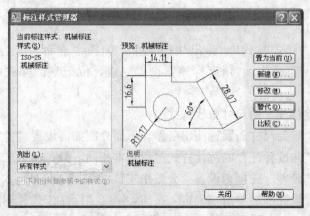

图 6-25　打开"标注样式管理器"

（2）单击 替代(0)... 按钮，弹出"替代当前样式"对话框，选择"文字"选项卡，在"文字对齐"选项组中选择"水平"设置，如图 6-26 所示。然后单击"确定"按钮，返回到"标注样式管理器"对话框，如图 6-27 所示。

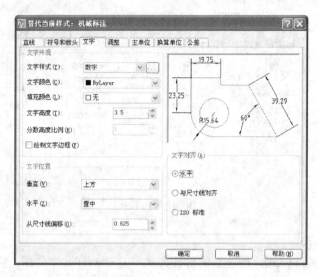

图 6-26　创建"角度标注"样式时"文字"选项卡的设置

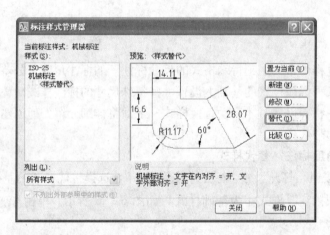

图 6-27　创建"角度标注"样式时"标注样式管理器"对话框

（3）右键单击"样式替代"，弹出快捷菜单，选择"重命名"为替代样式命名，如"角度标注"，然后回车确认，"角度标注"设置完成，位于基础样式的下方，如图 6-28所示。

二、创建"公差标注"的尺寸替代样式

在设计过程中，重要尺寸需要标注出公差。下面介绍如何设置"公差标注"的尺寸替代样式。同上面设置"角度标注"的替代样式过程基本相同，只是在第二步打开"替代当前样式"对话框，选择"公差"选项卡设置"公差格式"，如图 6-29 所示。

然后根据要求设置完成后单击"确定"按钮，回到"标注样式管理器"对话框，为新的替代样式命名，如图 6-30 所示。

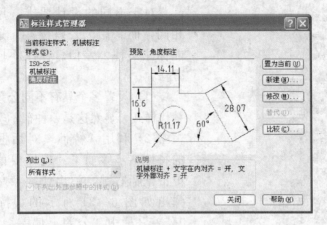

图 6-28　命名"角度标注"

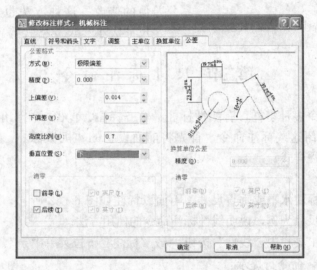

图 6-29　创建"公差标注"样式时"公差"选项卡的设置

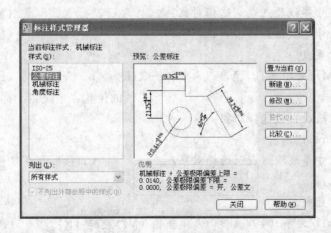

图 6-30　替代样式"公差标注"

图 6-31　利用 "特性" 对话框修改公差值

对于不同的设计要求，尺寸的公差值也不相同，而采用 "公差标注" 这种替代样式时只能标注一种公差值。标注不同的公差值有两种方法。

（1）设置多个具有不同公差值的 "公差标注" 替代样式，显然这是一种很不实用的方法。

（2）利用 "特性" 对话框中直接修改尺寸的特性，步骤如下：选择要修改的尺寸，然后单击鼠标右键，弹出快捷菜单，选择 "特性"，弹出如图 6-31 所示的 "特性" 对话框，在 "公差" 栏中 "公差上偏差" 和 "公差下偏差" 中输入新的公差值，如图 6-31 所示，完成对公差值的修改。这种方法也适用于更改尺寸文字、尺寸大小、尺寸格式等。

第三节　尺寸标注命令

尺寸标注的命令多种多样，有线性标注、对齐标注、直径标注、角度标注、引线标注等，下面将分别介绍这些标注命令。首先将前面设置的 "机械标注" 设置为当前标注样式。

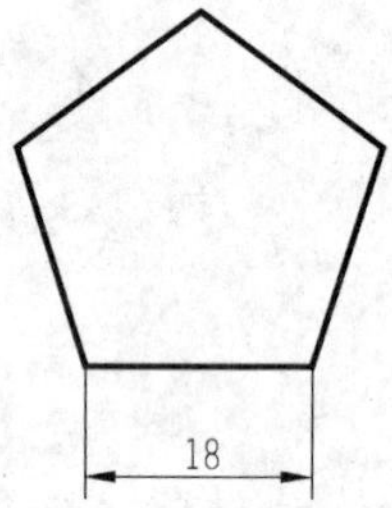

一、线性标注

线性标注用于标注水平或垂直尺寸。下面以标注如图 6-32 所示的零件长度方向尺寸为例，说明线性标注命令的使用方法。

单击 "标注" 工具栏中 "线性" 按钮 ⊢ 或 "标注" 下拉菜单中的 "⊢ 线性" 命令，命令行提示：

图 6-32　线性标注示例

命令：_ dimlinear

指定第一条尺寸界线原点或〈选择对象〉　　　　　　　　　　（捕捉轮廓线左端点）

指定第二条尺寸界线原点　　　　　　　　　　　　　　　　（捕捉轮廓线右端点）

指定尺寸线位置或

[多行文字（M）/文字（T）/角度（A）/水平（H）/垂直（V）/旋转（R）]：（指定尺寸线的位置，系统自动标注尺寸数值 "18"）

另一种操作方法，直接选择对象：

命令：_ dimlinear

指定第一条尺寸界线原点或〈选择对象〉　　　　　　　（直接回车，切换到选择对象状态）

选择标注对象：　　　　　　　　　　　　　　　　　　　　（选择标注对象）

指定尺寸线位置或

[多行文字（M）/文字（T）/角度（A）/垂直（V）/旋转（R）]：　　（确定尺寸线的位置，系统自动标注尺寸数值）

在默认情况下，系统会自动得出两点之间的距离或轮廓线的长度，并显示在命令提示行里，也可以输入字母选择命令提示行中［］内的备选项，这些备选项的含义如下。

（1）多行文字（M）：输入"M"后，进入了多行文字编辑模式，可在"多行文字编辑"对话框里输入并设置标注文字。

（2）文字（T）：在命令提示行或动态文本框内以单行文本形式输入尺寸数值。

（3）角度（A）：设置标注文字的旋转角度。

（4）水平（H）和垂直（V）：标注水平或垂直尺寸，也可通过拖动鼠标切换水平和垂直标注。

（5）旋转（R）：旋转标注对象的尺寸线。

二、对齐标注

对齐标注是指其尺寸线与图形的轮廓线相平行，如图 6-33 所示。对齐标注也可以标注水平或垂直尺寸。

单击"标注"工具栏中"对齐"按钮↖或"标注"下拉菜单中"↖对齐"命令，操作方法与线性标注相同。

三、半径标注和直径标注

用于标注圆弧、圆的半径或直径，如图 6-34 所示。

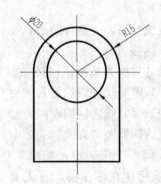

图 6-33　对齐标注示例　　　　　图 6-34　半径和直径标注示例

单击"标注"工具栏中"半径"按钮◎或"标注"下拉菜单中"◎半径"命令，命令行提示：

命令：_ dimradius

选择圆弧或圆：　　　　　　　　　　　　　　　　　　　　　（拾取圆弧）

标注文字＝15

指定尺寸线位置或

［多行文字（M）/文字（T）/角度（A）］：　　　　　（移动鼠标，确定尺寸线的位置）

单击"标注"工具栏中"直径"按钮◎或"标注"下拉菜单中的"◎直径"命令，命令行提示：

命令：_ dimdiameter

选择圆弧或圆：　　　　　　　　　　　　　　　　　　　　　　（拾取圆）

标注文字＝20

指定尺寸线位置或

［多行文字（M）/文字（T）/角度（A）：　　　　　　　　　（移动鼠标，确定尺寸线的位置）

当直径标注在非圆视图上时，可输入"T"选项，回车，然后在命令行相应数字前输入％％c（表示直径符号 φ）。

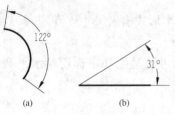

图 6-35　角度标注示例

(a) 圆弧角度标注；(b) 直线夹角标注

四、角度标注

用于标注角度尺寸，可以标注圆弧对应的中心角、两条不平行直线间的夹角或者三点间的角度。机械制图国家标准规定，图样中角度数值一律水平书写，因此标注角度尺寸时，应将前面设置的"角度标注"替代样式设置为当前样式，如图 6-35 所示。

标注圆弧的圆心角，单击"标注"工具栏中"角度"按钮△或"标注"下拉菜单中"△角度"命令，命令行提示：

命令：_dimangular

选择圆弧、圆、直线或〈指定顶点〉：　　　　　　　　　　　（拾取圆弧）

指定标注弧线位置或

［多行文字（M）/文字（T）/角度（A）］　　　　　　　　（移动鼠标，确定尺寸线的位置）

标注文字＝122

标注直线夹角时，先选择两条直线，然后确定尺寸线位置，如图 6-35（b）所示。

五、基线标注

以某一尺寸界线为基准，在某一方向标注一系列尺寸，所有尺寸共用一条基准尺寸界线，而且尺寸数字和尺寸线位置直接由系统内定，相邻尺寸线之间的距离可通过"标注样式管理器"、"直线"选项卡中设置"基线间距"来确定，如图 6-36 所示。基线标注在标注前，首先要创建一个线性尺寸或角度尺寸作为基准。

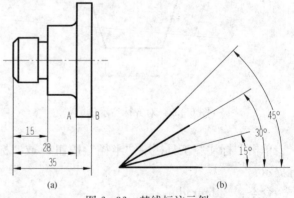

图 6-36　基线标注示例

(a) 线性尺寸基准标注；(b) 角度尺寸基准标注

首先用"线性标注"命令标注首段尺寸"11"，然后单击"标注"工具栏中"基线"按钮⊢或"标注"下拉菜单中"⊢基线"命令，命令行提示：

命令：_dimbaseline

指定第二条尺寸界线原点或［放弃（U）/选择（S）]〈选择〉：　　　　　（拾取 A 点）

标注文字＝28

指定第二条尺寸界线原点或［放弃（U）/选择（S）]〈选择〉：　　　　　（拾取 B 点）

标注文字＝35

指定第二条尺寸界线原点或［放弃（U）/选择（S）]〈选择〉：　　　　　　（回车）

选择基准标注：　　　　　　　　　　　　　　　　　　　　（回车，结束标注）

基线标注也可以用来标注角度尺寸，如图 6-36（b）所示。若想重新选择基准尺寸，在命令提示"指定第二条尺寸界线原点或［放弃（U），选择（S）]〈选择〉"时直接回车或在命令提示行输入字母"s"，切换到默认项〈选择〉，命令行提示"选择基准标注:"，此时重新选择基准尺寸，并且以该尺寸的第一条尺寸界线作为基线标注的第一尺寸界线。

六、连续标注

从某一个尺寸界线开始，按顺序标注一系列尺寸，相邻的尺寸共用一条尺寸界线，而且所有的尺寸线都在同一条直线上。与基线标注相同，连续标注不能单独进行，必须以已经存在的线性或角度标注作为基准标注，系统默认刚结束的尺寸标注为基准标注，并且以该标注的第二条尺寸界线作为下一个标注的第一条尺寸界线，如图 6-37 所示。

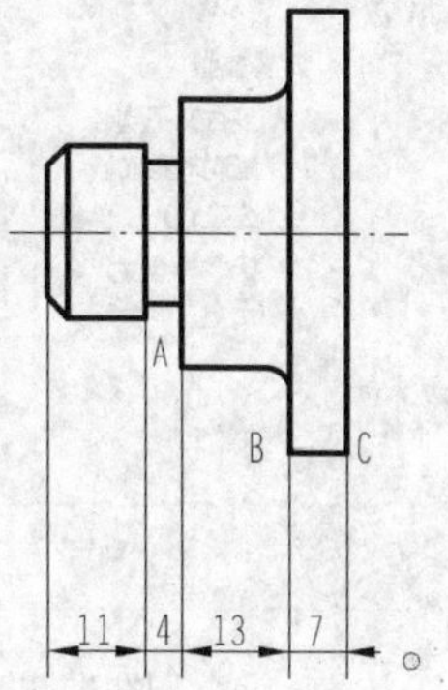

首先用"线性标注"命令标注首段尺寸"11"，然后单击"标注"工具栏中"连续"按钮 或"标注"下拉菜单中" 连续"命令，以尺寸"11"为基准，标注其他尺寸，命令行提示：

图 6-37　连续标注示例

命令：_ dimlinear

指定第二条尺寸界线原点或［放弃（U）/选择（S）]〈选择〉：　　　　　　　（拾取 A 点）

标注文字＝4

指定第二条尺寸界线原点或［放弃（U）/选择（S）]〈选择〉：　　　　　　　（拾取 B 点）

标注文字＝13

指定第二条尺寸界线原点或［放弃（U）/选择（S）]〈选择〉：　　　　　　　（拾取 C 点）

标注文字＝7

指定第二条尺寸界线原点或［放弃（U）/选择（S）]〈选择〉：　　　　（回车，点击确认）

选择连续标注：　　　　　　　　　　　　　　　　　　　　　　　　（回车结束标注）

命令行中"s"选项含义同基线标注命令。

七、快速引线标注

可以快速创建引线和引线注释，利用快速引线标注可以标注一些注释、说明，如图 6-38 所示。

单击"标注"工具栏中"快速引线"按钮 或"标注"下拉菜单中" 快速引线"命令，命令行提示：

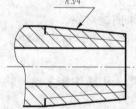

图 6-38　快速引线标注示例

指定第一个引线点或［设置（S）]〈设置〉：　　（确定引线的开始点或输入"s"设置引线格式）

1. 设置引线格式

如果用户在提示信息"指定第一个引线点或［设置（S）]〈设置〉："后输入"s"回车，将弹出"引线设置"对话框，如图 6-39 所示。在该对话框中可以设置引线的格式，它包括"注释"、"引线和箭头"及"附着"3 个选项卡。它们的主要功能如下：

（1）"注释"选项卡。

用于设置引线标注的注释类型、多行文字选项、是否重复使用注释等，如图 6-39 所示。

1）"注释类型"选项组。

多行文字：表示创建引线标注时将提示创建多行文字注释。

复制对象：表示创建引线标注时将提示复制多行文字、单行文字、公差或块参照对象。

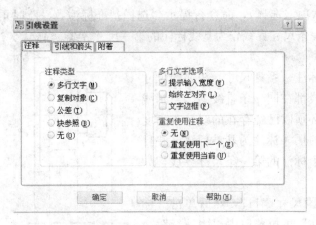

图 6-39 "引线设置"对话框

公差：表示创建引线标注时将显示"公差"对话框，用于创建将要附着到引线上的形位公差图框。

块参照：表示创建引线标注时将提示插入一个块参照。

无：表示创建无注释的引线。

2）"多行文字选项"选项组。用于设置多行文字的格式，只有选择了"多行文字"注释类型时该选项才可用。

"提示输入宽度"复选框：表示创建引线标注时将提示输入多行文字宽度。

"始终左对齐"复选框：表示创建引线标注时，多行文字注释始终靠左对齐。

"文字边框"复选框：表示创建引线标注时，在多行文字注释周围放置边框。

3）"重复使用注释"选项组。

无：表示不重复使用引线注释。

重复使用下一个：将本次创建的文字注释复制到下一次引线注释中。

重复使用当前：重复使用最近一次引线创建的注释。

（2）"引线和箭头"选项卡。

用于设置引线和箭头的格式，如图 6-40 所示。

1）"引线"选项组。用于设置引线格式。

直线：表示将在指定点之间创建直线段。

样条曲线：表示将使用指定的引线点作为控制点来创建样条曲线对象。

2）"箭头"选项组。设置引线起点处的箭头样式，打开下拉列表，有多种箭头格式供选择。

3）"点数"选项组。用于设置引线点的数目，系统在提示输入引线注释之前，将提示指定这些点。

无限制：勾选该复选框，表示 AutoCAD 将不限制引线点数。引线标注时，用户可根据需要指定引线点数。

最大值：取消对"无限制"复选框的选择，在该文本框中设置数值以限制引线的点数，一般设置为"3"。

4）"角度约束"选项组。用于设置第一条与第二条引线的角度约束。

第一段：用于约束第一段引线的角度。

第二段：用于约束第二段引线

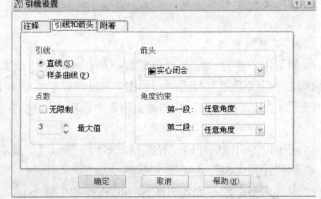

图 6-40 "引线和箭头"选项卡

的角度。

（3）"附着"选项卡。

用于设置多行文字注释相对于引线终点的位置。该选项卡只有在"注释"选项卡中选择"多行文字"注释类型时方可使用，如图6-41所示。

"多行文字附着"选项组。用于设置多行文字在引线末端的左边或右边，且设置与引线末端的相对位置。

第一行顶部：表示将引线附着到多行文字第一行的顶部。

第一行中间：表示将引线附着到多行文字第一行的中间。

多行文字中间：表示将引线附着到多行文字的中间。

最后一行中间：表示将引线附着到多行文字最后一行的中间。

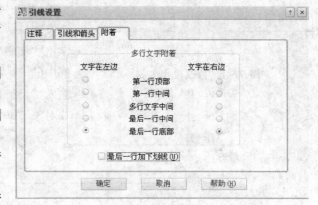

图6-41　"附着"选项卡

最后一行底部：表示将引线附着到多行文字最后一行的底部。

"最后一行加下划线"复选框：勾选该复选框，以上的各单选按钮将同时无效，用于给多行文字的最后一行加下划线。

2. 创建引线标注

如果用户在提示信息"指定第一个引线点或［设置（S）]〈设置〉："时，指定引线的开始点，再在"指定下一点"提示下确定引线的下一点位置。要想结束确定点的操作，只需在"指定下一点"提示后直接回车即可。

确定引线的各端点后，系统会根据用户在"引线设置"对话框的"注释"选项卡中确定的注释类型，给出不同提示。

第四节　尺寸编辑命令

尺寸标注之后，如果要改变尺寸线的位置、尺寸的字高、尺寸线和尺寸界线的倾斜角度等，就需要使用尺寸编辑命令。尺寸编辑包括样式的修改和单个尺寸对象的修改。本节主要介绍三个命令：编辑标注（Dimedit）、编辑标注文字（Dimtedit）、标注更新（Dim-Style）。

一、编辑标注

编辑标注用于修改尺寸标注的文字、尺寸界线的倾斜角度等。操作步骤如下：单击"标注"工具栏中的"编辑标注"按钮△或"标注"下拉菜单中的"倾斜"命令。

命令行提示：

命令：_ dimedit

输入标注编辑类型［默认（H）/新建（N）/旋转（R）/倾斜（O）]〈默认〉：

（选择修改方式）

选择对象：　　　　　　　　　　　　　　　　　　　　　　　（选择要编辑的尺寸）

选择对象： （选择完毕，回车）

命令行中各选项含义如下。

（1）默认（H）：按默认位置、方向放置尺寸文字。

（2）新建（N）：打开"多行文字编辑器"，在编辑器中修改编辑尺寸文字。以图6-42

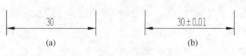

图6-42　修改尺寸文字

(a) 修改前；(b) 修改后

为例说明该选项的操作过程。点击"编辑标注"命令图标，在命令行输入"N"回车，弹出"文字格式编辑"对话框，如图6-43所示，该对话框中的〈〉符号表示已标注的尺寸，在〈〉后面输入"％％P0.01"点击确定，选择要修改的尺寸对象"30"，回车，尺寸修改完毕。

图6-43　"文字格式编辑"对话框

（3）旋转（R）：旋转尺寸文字，先输入角度值，然后选择尺寸对象，结果如图6-44 (a) 所示。角度值是以 Y 轴正向为0，逆时针为正方向。

（4）倾斜（O）：使尺寸界线与 X 轴正方向倾斜一定角度。操作时先选择尺寸对象，然后输入角度值，结果如图6-44 (b) 所示。角度值是以 X 轴正向为0，逆时针为正方向。

图6-44　旋转尺寸文字和倾斜尺寸界线

二、编辑标注文字

用于改变尺寸标注中文字的位置和旋转角度。操作步骤如下：单击"标注"工具栏中的"编辑标注文字"按钮┵或"标注"下拉菜单中的"对齐文字"命令。

命令行提示：

命令：＿dimtedit

选择标注： （选择要编辑的尺寸）

指定标注文字的新位置或 ［左（L）/右（R）/中心（C）/默认（H）/角度（A）］：

（选择修改方式，回车）

命令行中各选项含义如下。

（1）新位置：重新设定尺寸文字的位置。

（2）左（L）或右（R）：尺寸文字沿着尺寸线左对齐或右对齐。

（3）中心（C）：尺寸文字放置在尺寸线的中间。

（4）默认（H）：尺寸文字放置在默认位置。

（5）角度（A）：旋转尺寸文字，但需要指定一个角度值。角度值是以 Y 轴正向为0，逆时针为正方向。

三、标注更新

编辑标注和编辑标注文字命令主要用于对单个尺寸对象的某个特性进行修改，当需要修改图中多个尺寸的标注样式时，使用标注更新命令可以快速更新图中与标注样式不一致的尺寸对象。操作步骤如下：首先将新的标注样式设为当前标注样式，然后单击"标注"工具栏中的"标注更新"按钮或"标注"下拉菜单中的"更新"命令。

命令行提示：

命令：_dimstyle

当前标注样式：机械标注

输入标注样式选项

［保存（S）/恢复（R）/状态（ST）/变量（V）/应用（A）/?］〈恢复〉：_apply

　　　　　　　　　　　　　　　　　　　　（选择修改方式，回车）

选择对象：找到 1 个　　　　　　　　　　　（选择要编辑的尺寸）

选择对象：　　　　　　　　　　　　　　　　（选择结束，回车）

命令行中部分选项含义如下。

（1）保存（S）：将所选尺寸对象的标注样式设置为一种尺寸标注样式并命名保存。选择该选项，命令提示行会显示如下信息：

输入新标注样式名或［?］：

假如输入"?"AutoCAD会查看已有的全部尺寸标注样式。假如输入名字，则尺寸对象的标注样式以该名保存起来。

（2）恢复（R）：将所选尺寸对象的标注样式改为当前标注样式。

（3）?：用于显示当前图形中命名的尺寸标注样式。

第五节　上 机 实 践

使用前面学过的绘图和编辑方法绘制图 6-45～图 6-47，并标注尺寸。

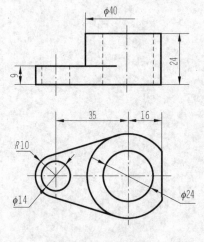

图 6-45　练习1

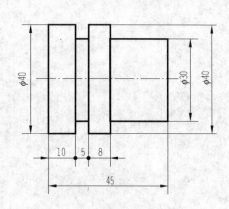

图 6-46　练习2

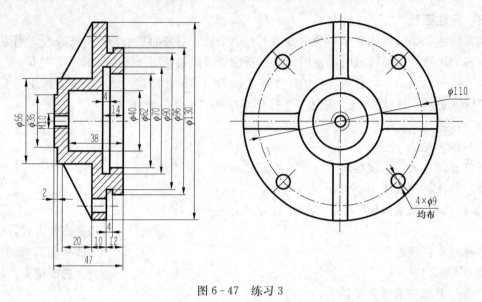

图 6 - 47　练习 3

第七章 图块及其属性和注写技术要求

第一节 图 块

使用 AutoCAD 绘图时，经常会绘制许多相同或相似的图形对象，或者绘制的图形与已有的图形文件相同，比如绘制表面粗糙度符号、标题栏、标准件、规定的符号等，用户可以把重复绘制的图形创建成块，在需要时直接将它们插入到图形中的指定位置；也可将已有的图形文件直接插入到当前文件中，从而提高绘图效率。

一、图块的概念

块是一个或多个图形对象形成的对象集合，这个集合是通过关联对象（或称为块定义）而形成的一个单一对象，常用于绘制复杂、重复的图形。一旦一组对象定义成块，系统会将块作为一个独立的对象来处理，即用户可以根据作图需要将块作为一个整体插入到图中任意指定位置，并可进行比例缩放、旋转等操作，如图 7-1 中标注的基准符号。用户还可以将块分解为它的组成对象，修改后再定义成块。AutoCAD 会根据修改后的块定义自动更新所有当前的和将要用到的块参照。图块有内部块和外部块之分，内部块只能在定义该块的文件中使用，而定义的外部块还可供其他文件使用。

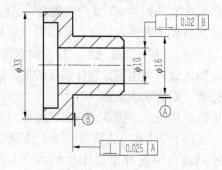

图 7-1 将定义的"基准符号"
块插入图形中

二、图块的功能

在 AutoCAD 2007 中绘图时定义和使用块，可以提高绘图速度、便于修改图形、节省存储空间，并能够为其添加属性。

1. 提高绘图效率

用 AutoCAD 绘图时，经常会绘制一些重复的图形，如表面粗糙度符号、基准符号等。如果把这些图形定义成块保存起来，绘制时将需要的图块直接插入到图形中的指定位置，避免了大量的重复性工作，从而提高了绘图效率。

2. 便于修改图形

一张工程图往往需要多次修改，才能最后完成。如果一个块被多张图重复使用后需要修改，用户不必对每个图形的块都进行修改，而只需简单地进行再定义块等操作，图中插入的所有该块会自动修改。

3. 节约存储空间

AutoCAD 要保存图中每一个对象的相关信息，如对象的类型、图层、颜色、线型、位置等，这些信息要占用存储空间。如果一张图中有较多相同的图形，就会占据较大的存储空间。但如果把相同的图形定义成块，虽然块的定义中也包含了图形的全部对象，但系统只需定义一次。每次插入块时，AutoCAD 只需记住该块对象的相关信息，如块名、插入点坐标、插入比例等，从而节省了磁盘空间。

4. 添加属性

很多块还要求有文字信息，AutoCAD 能为块创建文字属性，即图块中的文字信息，而且还可在插入的块中显示或不显示属性，并可提取这些信息将其传送到数据库。

三、图块的创建

创建块需要调用"图块（Block）"或"生成块（BMake）"命令，打开"块定义"对话框，有以下几种方法：

1）单击"绘图"工具栏中的"创建块"按钮 ；

2）在下拉菜单中选择"绘图—块—创建"命令；

3）在命令行直接输入"Block"或"Bmake"后回车。

执行创建块的命令后，弹出"块定义"对话框，如图 7 - 2 所示。对话框中主要选项的功能如下。

（1）名称：用于输入要定义图块的名称，它可以由字母、数字、MYM 和 _ 组成，也可以是中文，如"ld"或"粗糙度"。注意：在创建块时，如果新块的名称与已定义的块重名，系统将显示警告对话框，要求用户重新定义块名称。

（2）"基点"选项组：用于设置图块的插入基点。用户可以单击"拾取点"按钮 ，在绘图区域内利用鼠标选择图块的插入基点；也可以直接在 X、Y、Z 文本框中输入基点的坐标值，系统默认值是（0，0，0）。图块的插入基点可任意选取，但为了便于作图，应根据图形的结构特点，将基点选在块图形的角点、对称中心或其他特殊位置点。

（3）"对象"选项组：用于选取组成图块的图形对象。单击"选择对象"按钮 ，在绘图窗口中选择组成图块的各图形对象；也可以单击"快速选择"按钮 ，在弹出的"快速选择"对话框中设置所选对象的过滤条件。选择完毕，回车，返回到"块定义"对话框。

在该选项区域中，还有三个用于处理当前图形的单选按钮，各功能如下：

1）"保留"，表示图块创建后仍在绘图窗口中保留组成图块的各图形对象；

2）"转化成块"，表示图块创建后将组成图块的各图形对象转化成图块并保留在绘图窗口中；

3）"删除"，表示图块创建后在绘图窗口中删除组成图块的各图形对象。

（4）"设置"选项组：用于设置图块的单位、比例等一些属性。在"块单位"下拉列表中可指定图块插入时的单位；选择"按统一比例缩放"复选框表示可以同一比例缩放图块；选择"允许分解"复选框表示可以分解图块；"说明"文本框中输入该块的文字说明；单击"超链接"按钮，打开"插入超链接"对话框，将某个超链接与块定义相关联。

（5）"在块编辑器中打开"复选框：选择该选项后，单击"确定"按钮，系统将在"块编辑器"

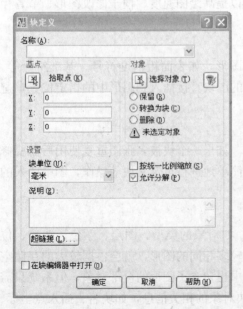

图 7 - 2 "块定义"对话框

中打开当前的块定义。

【例7-1】 将图7-3所示螺钉图形创建成图块，并命名为"ld"。

（1）执行创建块命令。

（2）在"名称"文本框中输入名称"ld"，如图7-4所示。

（3）单击"基点"选项组中的"拾取点"按钮，在切换到的绘图窗口中捕捉图中标注"×"的点，确定基点的位置。

（4）在"对象"选项组中选择"保留"单选按钮，再单击"选择对象"按钮，切换到绘图窗口，选择所有图形，然后回车返回到"块定义"对话框。

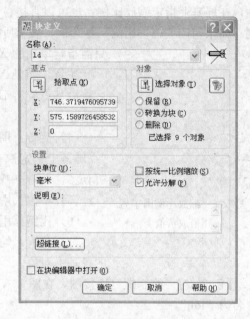

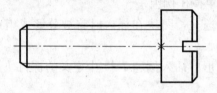

图7-3　螺钉　　　　　　　　　　　图7-4　创建螺钉块时"块定义"对话框

（5）单击"确定"按钮，完成块定义操作。

四、图块的插入

将定义好的块插入到图形中，就需要调用"插入（Insert）"命令，执行此命令有以下几种方法：

1）单击"绘图"工具栏中的"插入块"按钮；

2）在下拉菜单中选择"插入—块"命令；

3）在命令行直接输入"Insert"后回车。

执行插入块的命令后，弹出"插入"对话框，如图7-5所示。利用该对话框可以向图形中插入块或者其他图形，而且在插入时可以指定插入图块或图形的比例与旋转角度，以得到所需的大小和方位。

"插入"对话框中各主要选项的功能如下。

（1）名称：用于选择要插入的块或作为块插入的文件名称。单击右边的"浏览"按钮后，打开"选择图形文件"对话框，从中可选择要插入的块或图形文件。

（2）插入点：用于设置块的插入点。用户可通过勾选"在屏幕上指定"复选框，在屏幕上指定插入点；

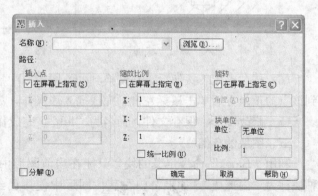

图7-5　"插入"对话框

也可直接在 X、Y、Z 文本框中输入插入点的坐标值。

（3）缩放比例：用于设置插入块的缩放比例。用户可以通过选取"在屏幕上指定"复选框，在屏幕上指定缩放比例；也可以直接在 X、Y、Z 文本框中输入插入块在三个方向的比例。如果勾选"统一比例"复选框，表示所插入块在 X、Y 和 Z 三个方向的插入比例一致，只需指定单一的 X 比例值。

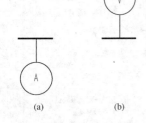

注意，如果 X、Y 和 Z 缩放比例因子为负值，则图块在插入后将沿基点旋转 $180°$，再缩放与其绝对值相同的比例，如图 7 - 6 所示。

（4）旋转：用于设置插入块时的旋转角度。用户可通过勾选"在屏幕上指定"复选框，在屏幕上指定旋转角度；也可直接在"角度"文本框中输入旋转角度。

图 7 - 6　缩放比例因子为正值或负值

(a) $X=Y=Z=1$；

(b) $X=Y=Z=-1$

（5）单位：用于显示插入块时所用的图形单位值。

（6）比例：用于显示单位比例因子。

（7）分解：勾选该复选框，图块在插入时将被分解成组成块的各基本对象。

【例 7 - 2】　绘制螺钉连接图，在图 7 - 7 所示图形中插入例题 7 - 1 中定义的螺钉块，并命名为"ldlj"。

（1）执行插入块命令。

（2）在"名称"下拉列表框中选择前面已定义过的图块"ld"。

（3）在"插入点"选项组中勾选"在屏幕上指定"复选框。

（4）在"缩放比例"选项组中勾选"统一比例"复选框，并在 X 文本框中输入"1"。

（5）在"旋转"选项组中勾选"在屏幕上指定"复选框，具体设置如图 7 - 8 所示。

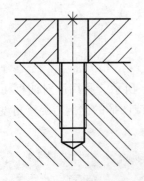

图 7 - 7　插入"螺钉"块前

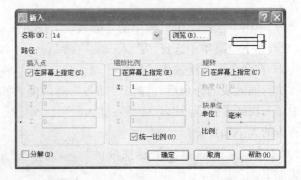

图 7 - 8　插入"螺钉"块时的对话框设置

（6）按"确定"按钮后，在切换到的绘图窗口中捕捉图中标注"×"的点，再将光标移到该点的正上方后单击鼠标左键，完成插入块操作，如图 7 - 9 所示。

（7）修改图形，保存文件，命名为"ldlj"，完成作图，如图 7 - 10 所示。

五、图块的存储

利用"Block"命令定义的块，只能在当前图形中使用，在其他图形中却不能调用，这种块称为"内部块"。如果希望在其他图形中使用已经定义的块，可以利用"WBlock"命令，该命令可以将图块保存为一个独立的 .dwg 文件，成为公共图块，可以被插入到其他图形中使用,这种块称为"外部块"。

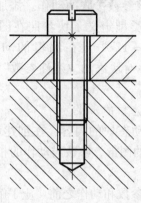

图 7 - 9 插入"螺钉"块

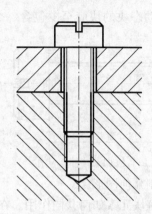

图 7 - 10 修改完成后的图形

执行"WBlock"命令的方法是在命令行直接输入"WBlock"后回车,弹出"写块"对话框,如图 7 - 11 所示。

该对话框中各主要选项的功能如下。

1."源"选项组

"源"选项组用于设置组成块的对象来源。

(1)"块":表示可以将由"Block"创建的块写入图形文件。

(2)"整个图形":表示可以把整个图形写入图形文件。

(3)"对象":表示将选择的对象写入图形文件,用户可以根据需要使用"基点"选项设置块的插入基点位置。使用"对象"设置组成块的对象,其操作同块定义对话框。

2.目标

目标用来定义存储外部块的文件名、路径及插入块时所用的测量单位。用户可以在"文

图 7 - 11 "写块"对话框

件名和路径"下拉列表框中输入文件名和路径,也可以单击下拉列表框右边的按钮[…],使用打开的"浏览图形文件"对话框设置文件的路径。

六、动态块

AutoCAD 2006 新增的动态块功能在 AutoCAD 2007 版本中得到进一步加强,此功能可以使块具有参数化的动态特性,大大增强了图块的灵活性和智能性,减少块定义的数量,从而极大地提高了工作效率。

在实际工作中,经常需要绘制一些形状相似,但大小、角度、相对位置不同的图形对象。例如,螺栓、螺柱、螺钉、螺母等标准件,每种标准件的形状相似,但各部分尺寸和插入位置会有所不同。如果为每一种情况都定义一个图块,仍然会非常繁琐,而且块定义的数量也会非常庞大。用户可以将这些标准件的图形对象定义成动态块,通过往图块中添加不同的参数和动作来适应不同块实例的大小、角度、相对位置等的不同。

1. 概述

要成为动态块的块应至少包含一个参数和一个与该参数关联的动作。添加到块定义中的参数和动作类型定义了块参照在图形中的作用方式。如图 7-12 中正在编辑的动态块，是在"块编辑器"中对块添加"线性参数"和"拉伸动作"。

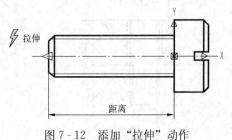

图 7-12　添加"拉伸"动作

2. 创建动态块的步骤

（1）规划动态块的内容。在创建动态块之前，设计好图块中的图形、参数与动作的相互作用。

（2）绘制几何图形。

（3）了解块元素如何共同作用。在向块定义中添加参数和动作之前，应了解它们相互之间以及它们与块中几何图形的相关性。

（4）添加参数，有关使用参数的详细信息参见表 7-1。

（5）添加动作，确保将动作与参数和几何图形相关联。

（6）定义动态块参照的操作方式。

（7）保存块，然后在图形中进行测试。

3. 块编辑器

块编辑器是一个专门的编写区域，用于添加动态行为。用户可以使用"块编辑器"向图中已有的块定义中添加或编辑动态行为，也可以像在绘图区域中一样绘制几何图形来创建新的块定义。打开"块编辑器"的方法有以下几种方式。

（1）单击"标准"工具栏中的"块编辑器"按钮 ✐ 。

（2）在下拉菜单中选择"工具—块编辑器"。

（3）在命令行中直接输入"Bedit"后回车。

（4）在选定的块上单击鼠标右键，在弹出的快捷菜单中选择"块编辑器"选项。

"块编辑器"提供了专门的编写选项板，当打开"块编辑器"时，系统会自动打开"块编写选项板"，它包含"参数选项板"、"动作选项板"和"参数集选项板"。用户可以使用选项板中的选项，按命令行提示创建动态块的各个特征。

除了"块编写选项板"之外，块编辑器还提供绘图区域，该区域的默认背景色为黄色。用户可以根据需要在绘图区域中绘制和编辑几何图形，还可以指定块编辑器绘图区域的背景颜色。

在块编辑器中，绘图区域上方会显示一个专门的工具栏，如图 7-13 所示。

图 7-13　"块编辑器"工具栏

该工具栏中各按钮图标的功能如下。

✐：用于编辑或创建块定义。

▣：用于保存块定义。

▣：用于另存块定义。

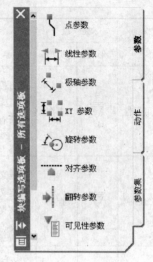

图 7-14　"参数"选项板

：用于显示或隐藏"块编写选项板"。

：用于向动态块定义中添加参数。

：用于向动态块定义中添加动作。

：用于定义动态块的属性。

：用于更新参数和动作文字大小。

：单击此按钮，会弹出"新功能专题研习"对话框，显示创建动态块的演示，了解动态块的创建。

4. 添加参数

在块编辑器中，用户可以向动态块定义中添加参数，参数将为块定义一个或多个自定义特性，也可指定几何图形在块参照中的位置、距离和角度。

执行"参数"命令，可以单击"块编辑器"工具栏上的按钮 ；也可以选择"块编写选项板"上的"参数"选项板，如图 7-14 所示；还可以在命令行键入"Bparameter"后回车。

添加到动态块定义中的参数类型决定了新增加的夹点类型。每种参数类型仅支持特定类型的动作。参数、夹点和动作之间的关系见表 7-1。

表 7-1　　　　　　　　　　参数、夹点和动作之间的关系

参数类型	夹　点		说　　　明	可与参数关联的动作
	形状	类型		
点	■	标准	在图形中定义一个 X 和 Y 位置。在块编辑器中，外观类似于坐标标注	移动、拉伸
线性	▷	线性	可显示出两个固定点之间的距离。约束夹点沿预置角度的移动。在块编辑器中，外观类似于对齐标注	移动、缩放、拉伸、阵列
极轴	■	标准	可显示出两个固定点之间的距离并显示角度值。可以使用夹点和"特性"选项板来共同更改距离值和角度值。在块编辑器中，外观类似于对齐标注	移动、缩放、拉伸、极轴拉伸、阵列
XY	■	标准	可显示出距参数基点的 X 距离和 Y 距离。在块编辑器中，显示为一对标注（水平标注和垂直标注）	移动、缩放、拉伸、阵列
旋转	⬡	旋转	可定义角度。在块编辑器中，显示为一个圆	旋转
翻转	⇨	翻转	翻转对象。在块编辑器中，显示为一条投影线。可以围绕这条投影线翻转对象。将显示一个值，该值显示出了块参照是否已被翻转	翻转
对齐	▷	对齐	可定义 X、Y 位置及一个角度。对齐参数总是应用于整个块，并且无需与任何动作相关联。对齐参数允许块参照自动围绕一个点旋转，以便与图形中的另一对象对齐。对齐参数会影响块参照的旋转特性。在块编辑器中，外观类似于对齐线	无（此动作隐含在参数中）

续表

参数 类型	夹 点		说　　　明	可与参数关联的动作
	形状	类型		
可见性	▽	查询	可控制对象在块中的可见性。可见性参数总是应用于整个块，并且无需与任何动作相关联。在图形中单击夹点可以显示块参照中所有可见性状态的列表。在块编辑器中，显示为带有关联夹点的文字	无（此动作是隐含的，并且受可见性状态的控制）
查询	▽	查询	定义一个可以指定或设置为计算用户定义的列表或表中的值的自定义特性。该参数可以与单个查寻夹点相关联。在块参照中单击该夹点可以显示可用值的列表。在块编辑器中，显示为带有关联夹点的文字	查寻
基点	▢	标准	在动态块参照中相对于该块中的几何图形定义一个基点。无法与任何动作相关联，但可以归属于某个动作的选择集。在块编辑器中，显示为带有十字光标的圆	无

注意，没有添加动作的参数将显示黄色的警告标记 ❗。当添加动作后，黄色的警告标记消失，动作将显示为闪电标记。它在块定义中的位置不会影响块参照的功能。

5. 添加动作

动作用于定义在图形中操作动态块参照的自定义特性，此特性决定了动态块参照的几何图形在操作中将如何编辑，如移动、拉伸、缩放等。动态块通常至少包含一个动作。

通常情况下，向动态块定义中添加动作前，必须先添加与该动作相对应的参数。在添加动作时，还必须将该动作与参数上的关键点及几何图形相关联。关键点是参数上的点，编辑参数时该点将会驱动与参数相关联的动作。与动作相关联的几何图形称为"选择集"。

在"块编辑器"的"块编写选项板"中，选择"动作"选项卡，如图 7-15 所示，选择

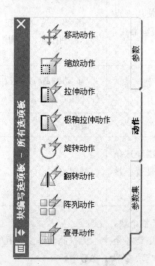

图 7-15　"动作"选项卡

需要添加的动作，然后根据命令行的提示将动作赋予指定的参数。添加动作完成后，块定义中会出现一个黄色的动作标记，该标记在退出"块编辑器"后将不再显示。

下面通过实例来讲述动态块的创建步骤。

【例 7-3】　创建具有移动、旋转、拉伸动作的开槽圆柱头螺钉动态块。

（1）绘制开槽圆柱头螺钉的图形，尺寸如图 7-16 所示。

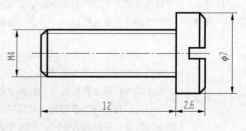

图 7-16　开槽圆柱头螺钉

（2）创建"开槽圆柱头螺钉"图块。

（3）单击"标准"工具栏中的"块编辑器"按钮，或直接双击图块，弹出"编辑块定义"对话框，选择"开槽圆柱头螺钉"图块，如图 7-17 所示。

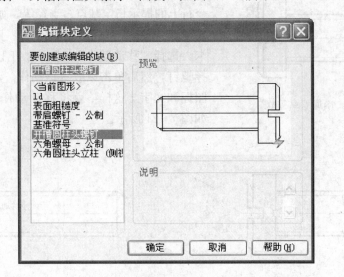

图 7-17　"编辑块定义"对话框

（4）单击"确定"按钮，即进入"块编辑器"窗口，如图 7-18 所示。

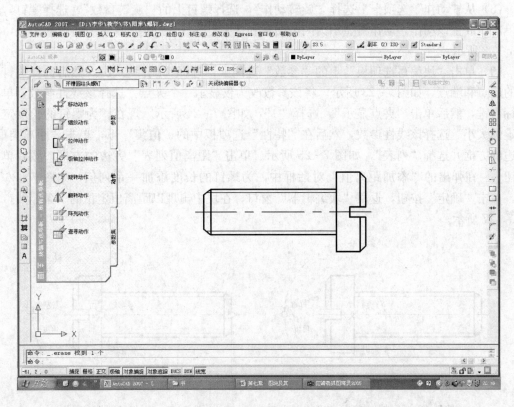

图 7-18　"块编辑器"窗口

（5）单击"块编写选项板"上的"参数"选项卡，选择"点参数"，用鼠标单击如图 7-19 所示点，添加"点参数"。

（6）从同一个选项卡中选择"旋转参数"，按照命令行上的提示指定基点、半径等，如图 7-20 所示。

（7）单击"块编写选项板"上的"动作"选项卡，选择"移动动作"。选择螺钉上的"点参数"，选择螺钉，然后单击以放置该动作。动作将显示为闪电图标和文字。这样，就将移动动作关联到了点参数，如图 7-21 所示。

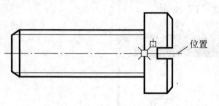

图 7-19   添加"点参数"

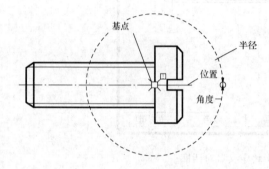

图 7-20   添加"旋转参数"

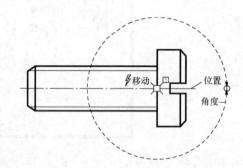

图 7-21   添加"移动"动作

（8）从"动作"选项卡上选择"旋转动作"，选择螺钉上的"旋转参数"，选择螺钉，然后单击以放置该动作。动作将显示为闪电图标和文字。这样，就将其关联到了旋转参数，如图 7-22 所示。

（9）单击"块编写选项板"上的"参数"选项卡，选择"线性参数"，然后选择螺钉长度的起点和端点，如图 7-23 所示。将该参数改为仅显示一个夹点。选择该线性参数，单击鼠标右键，然后单击"夹点显示"，选择"1"，如图 7-24 所示。现在，为螺钉的长度定义特定的大小。选择该线性参数，然后在"特性"选项板中的"值集"下，单击"距离类型"旁边的方框并选择"列表"，如图 7-25 所示。单击"距离值列表"旁边的方框，然后单击按钮。在弹出的"添加距离值"对话框中，为螺钉的长度添加一系列值，如图 7-26 所示。单击"确定"按钮，返回"块编辑器"窗口，在块中出现以距离值定位的 3 条竖线，如图 7-27 所示。

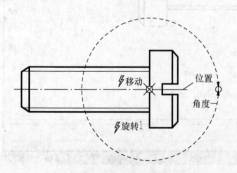

图 7-22   添加"旋转"动作

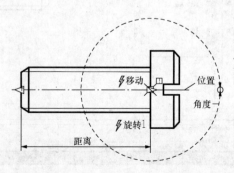

图 7-23   添加"线性参数"

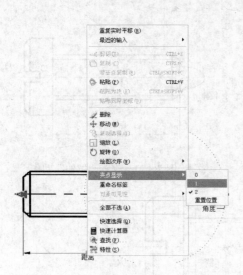

图 7-24　选择"夹点显示"为"1"

图 7-25　选择"距离类型"为"列表"

图 7-26　"添加距离值"对话框

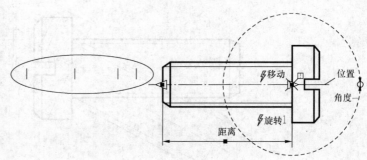

图 7-27　显示定位距离线

（10）在"动作"选项卡上，选择"拉伸动作"。选择该"线性参数"，然后选择显示该夹点的参数点，如图 7-28 所示。定义拉伸框架，然后用交叉窗口选择要拉伸和移动的对象，如图 7-29 所示；然后单击以放置该动作，如图 7-30 所示。

（11）单击"块编辑器"工具栏上的"保存块定义"按钮，然后关闭块编辑器。

（12）单击"插入块"，将开槽圆柱头螺钉块插入到当前图形中。使用螺钉上的自定义夹点来移动、旋转和拉伸螺钉，如图 7-31 所示。

6. 添加参数集

使用"块编写"选项板上的"参数集"选项卡，可以向动态块定义添加成对的参数和动作，一般是成对使用。向块中添加参数集与添加参数所使用的方法相同。参数集中包含的动作将自动添加到块定义中，并与添加的参数相关联。然后，用户必须将选择集（几何图形）与各个动作相关联。

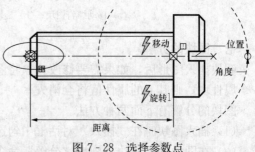

图 7-28　选择参数点

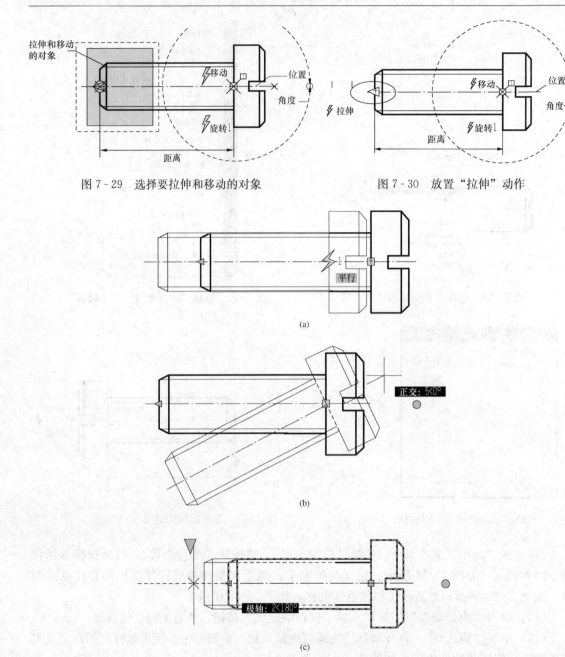

图 7-29　选择要拉伸和移动的对象　　　　　图 7-30　放置"拉伸"动作

图 7-31　移动、旋转和拉伸螺钉图块
（a）移动螺钉图块；（b）旋转螺钉图块；（c）拉伸螺钉图块

七、图块的分解

图块插入图形后，如果需要修改，须将图块分解后才能编辑。注意，如果用户分解的是一个属性块，则其上的属性值将会消失。

图块的分解有下面两种方法。

（1）插入图块时在"插入"对话框中勾选"分解"选项，如图 7-32 所示。

（2）在图块插入后执行图块"分解"命令。执行"分解"命令，有以下几种方法：

　　1）单击"修改"工具栏中的"分解"按钮 ；

　　2）在下拉菜单中选择"修改"—"分解"命令；

　　3）在命令行中直接输入"Ex-plode"后回车。

八、图块与图层的关系

　　图块可以由绘制在不同图层上的对象组成，系统会将图层的有关信息保存在块中。当插入这样的图块时，AutoCAD 有以下约定。

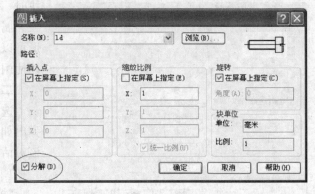

图 7-32　选择"分解"选项

　　（1）图块插入后被绘制在当前图层上。如果图块的组成对象在 0 层上，则在当前图中插入块时，AutoCAD 将图块中 0 层上的对象特性即颜色、线型、线宽等按当前层的特性绘制。

　　（2）对于图块中不同图层上的对象，如果图块中含有与当前图形中图层同名的图层，则图块中该层上的对象仍绘制在图形中的同名层上，并按图形中该层的颜色和线型绘制。块中其他图层上的对象绘制在原来的图层上，并在当前图形中增加相应的图层。

　　（3）如果插入的块是由位于不同图层上的对象组成，那么冻结某一对象所在图层后，属于该图层的块上对象就变得不可见；当冻结插入时的图层时，整个图块都变得不可见。

　　如图 7-33（a）、（b）所示，矩形位于 0 层，圆位于 1 层，圆弧位于 2 层，三角形位于 3 层。图块 A 的设置如下：0 层为实线，线宽为默认；1 层为点画线，线宽为 0.7；2 层为虚线，线宽为 0.35；3 层为实线，线宽为 0.35。图形 B 的设置如下：0 层为实线，线宽为默认；1 层为实线，线宽为 0.35；2 层为点画线，线宽为 0.35；3 层为虚线，线宽为 0.7。

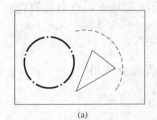
(a)

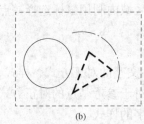
(b)

图 7-33　图块与图层的关系
（a）图块 A；（b）图块 A 插入到图形 B 后

　　将图块 A 在图形 B 的 3 层中插入后，图块发生相应变化，如图 7-33（b）所示。

第二节　图　块　的　属　性

一、概述

　　属性是从属于图块的非图形信息，是块的一个组成部分，即块中的文本对象。一个属性块是由组成块的若干图形对象和文本对象组成。属性依赖于图块的存在而存在，在插入一个属性块时，AutoCAD 会将固定的属性值随块添加到图形中，插入时可以通过回答属性值提示语句输入那些可变的属性值。例如，在零件图上标注表面粗糙度时，不仅需要标注表面粗糙度符号，而且需要标注粗糙度参数值。用户可以将表面粗糙度定义成一个属性块，将粗糙度参数值定义成该块的属性，以满足标注各种表面粗糙度参数值时的要求。注意，定义属性

图 7-34 "属性定义"对话框

块时，应先画图形和定义属性，再将图形对象和属性标记一起定义成图块，而且一个图形可以定义多个属性。属性块的属性信息可以使用"Attext"命令提取成文本文件。

二、属性定义

选择下拉菜单"绘图—块—定义属性"，弹出如图 7-34 所示"属性定义"对话框。该对话框中各主要选项的功能如下。

1. "模式"选项组

"模式"选项组用于设置属性的模式。

(1) 不可见：用于设置在插入块后属性值是否可见。

(2) 固定：用于设置在插入块时属性是否为固定值。

(3) 验证：用于设置在插入块时属性值是否进行验证。

(4) 预置：用于设置在插入块时是否将属性值设为默认值。

2. "属性"选项组

"属性"选项组用于设置属性的标记、插入块时系统显示的提示信息及属性的默认值。"提示"和"值"两个文本框中可以不输入任何信息。

3. "插入点"选项组

"插入点"选项组用于设置属性值的插入点，即属性文字排列的参考基点。用户可以勾选"在屏幕上指定"复选框，在绘图区域内利用鼠标选择一点作为插入基点；也可以直接在 X、Y、Z 文本框中输入基点的坐标值。

4. "文字选项"选项组

"文字选项"选项组用于设置属性文字的对正方式、样式、高度和旋转角度。

(1) 对正：用于设置属性文字相对于参考基点的对正方式。

(2) 文字样式：用于设置属性文字的样式。

(3) 高度：用于设置属性文字的高度。用户可以在对应文本框中直接输入文字高度值，也可以单击该按钮后，在绘图窗口中指定高度。

(4) 旋转：用于设置属性文字的旋转角度。用户可以在对应文本框中直接输入文字旋转角度，也可以单击该按钮后，在绘图窗口中指定旋转角度。

5. "在上一个属性定义下对齐"复选框

勾选该复选框，表示将属性标记直接置于定义的上一个属性的下面。如果之前没有创建属性定义，则此选项不可用。

6. "锁定块中的位置"复选框

勾选该复选框，表示将块中属性的位置锁定。

三、属性的编辑

插入带有属性的图块后，可以用"EAttedit"命令编辑图块属性值。执行"EAttedit"命令有以下几种方法：

1) 单击"修改Ⅱ"工具栏中的"编辑属性"按钮；

2）在下拉菜单中选择"修改—对象—属性—单个"命令；

3）在命令行直接输入"EAttedit"后回车。

执行命令后，单击需要修改的图块，弹
出"增强属性编辑器"对话框，如图 7-35
所示。对话框中主要选项的功能如下。

1."属性"选项卡

显示所选图块中每个属性的标识、提示
和值。在列表框中选择某一属性后，在"值"
文本框中将显示该属性所应的属性值，用户
可以输入新的文本来修改属性值，如图 7-35
所示。

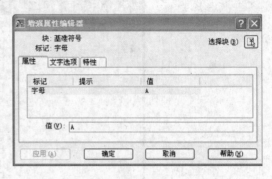

图 7-35 "增强属性编辑器"对话框

2."文字选项"选项卡

用于修改属性文字的格式，如图 7-36 所示。用户可以在"文字样式"下拉列表框中设置文字的样式；在"对正"下拉列表框中设置文字的对齐方式；在"高度"文本框中设置文字的高度；在"旋转"文本框中设置文字的旋转角度；"反向"复选框用来设置文字行是否反向显示；"颠倒"复选框用来设置文字行是否上下颠倒显示；在"宽度比例"文本框中设置文字的宽度系数；在"倾斜角度"文本框中设置文字的倾斜角度。

3."特性"选项卡

显示所选图块的"图层"、"线型"、"颜色"、"线宽"等特性，并可以通过下拉列表框进行相应特性的修改，如图 7-37 所示。

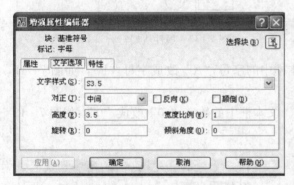

图 7-36 "文字选项"选项卡

图 7-37 "特性"选项卡

4."选择块"按钮

用户在编辑完一个属性块的属性后，若要编辑下一个属性块，可单击该按钮，在切换到的绘图窗口中选择要编辑的属性块。

此外，用户也可以使用"Attedit"命令编辑属性块的属性。执行该命令后，单击要编辑的属性块，系统会弹出"编辑属性"对话框，如图 7-38 所示，通过该对话框可以编辑修改属性值。

【例 7-4】 将图 7-39 中左边的基准符号属性块编辑成如图 7-40 所示的图样。

（1）在下拉菜单中选择"修改—对象—属性—单个"命令，用拾取框单击需要修改的图块，弹出"增强属性编辑器"对话框。

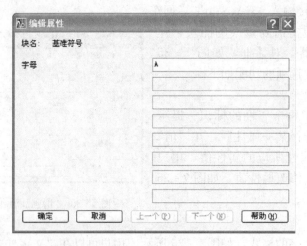

图 7-38   "编辑属性"对话框

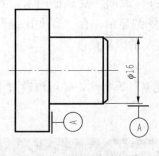

图 7-39   属性块编辑前

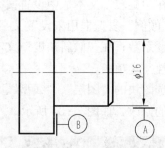

图 7-40   属性块编辑后

（2）在"属性"选项卡中，将"值"文本框中的字母"A"改成字母"B"，如图7-41所示。

（3）在"文字选项"选项卡中，将"旋转"文本框中的数字"90"改成"0"，如图7-42所示。

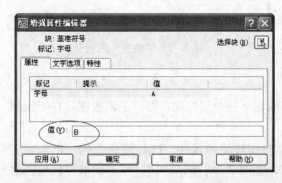

图 7-41   编辑属性"值"

图 7-42   编辑属性文字"旋转"角度

（4）点击"应用"按钮，再点击"确定"按钮，完成属性块修改。

第三节 标注表面粗糙度

一张完整的零件图包含一组视图、完整的尺寸、技术要求、标题栏等内容，而表面粗糙度是指零件加工表面上具有较小间距的峰谷所组成的微观几何形状特征，它是评定零件表面质量的一项重要技术指标，是技术要求的一部分。因此，用户在绘制零件图时经常需要标注表面粗糙度，为提高效率，可创建表面粗糙度属性块。下面介绍表面粗糙度属性块的创建和插入。

一、表面粗糙度符号、代号及其注法（GB/T 131—2006《机械制图》）

1. 表面粗糙度符号及意义

表面粗糙度符号及意义见表 7 - 2。

表 7 - 2　　　　　　　　　　　　表面粗糙度符号及意义

符　号	意　义　及　说　明
√	基本图形符号，对表面结构有要求的图形符号，简称基本符号。没有补充说明时不能单独使用
√	扩展图形符号，基本符号上加一短横，表示指定表面是用去除材料的方法获得。例如，车、铣、钻、磨、剪切、抛光、腐蚀、电火花加工、气割等
√	扩展图形符号，基本符号上加一小圆，表示表面是用不去除材料的方法获得。例如，铸、锻、冲压、热轧、冷轧；粉末冶金等，或者是用于保持原供应状况的表面（包括保持上道工序的状况）
√	完整图形符号，当要求标注表面结构特征的补充信息时，在允许任何工艺图形符号的长边上加一横线
√	完整图形符号，当要求标注表面结构特征的补充信息时，在去除材料图形符号的长边上加一横线
√	完整图形符号，当要求标注表面结构特征的补充信息时，在不去除材料图形符号的长边上加一横线

2. 表面粗糙度参数值·及其有关的规定在符号中注写位置

表面粗糙度数值及其有关的规定在符号中注写位置，如图 7 - 43 所示。

3. 基本注法

表面粗糙度在同一图样上，每一表面一般只标注一次，并应尽可能标注在具有确定该表面大小或位置的视图的轮廓线（包括棱边线）上、轮廓线的延长线上或引线上。其注写和读取方向要与尺寸的注写和读取方向一致。必要时，表面粗糙度符号可用带箭头或黑点的指引线引出标注，如图 7 - 44 所示。

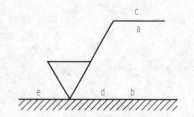

图 7 - 43　表面粗糙度数值及其有关的规定在符号中注写位置
a—注写表面结构的单一要求；a、b—标注两个或多个表面结构要求；c—注写加工方法；d—注写表面纹理和方向；e—注加工余量，mm

二、创建表面粗糙度属性块

1. 绘制表面粗糙度符号

绘制表面粗糙度符号，线宽为 0.35mm，字体用 3.5 号字，尺寸参照图 7 - 45。

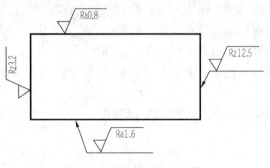

图 7 - 44   粗糙度标注示例

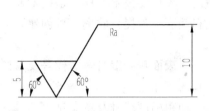

图 7 - 45   表面粗糙度符号及尺寸

2. 定义属性

选择下拉菜单"绘图—块—定义属性"，打开"属性定义"对话框。各选项设置如图 7 - 46 所示。

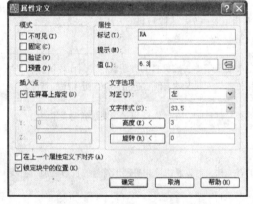

图 7 - 46   设置"属性定义"对话框

单击"确定"按钮，在绘图窗口中选择 B 点作为"插入点"，如图 7 - 47 所示。完成后效果如图 7 - 48 所示。

3. 创建属性块

在命令行中输入"Wblock"后回车，弹出"写块"对话框。

（1）在"源"选项组中选择"对象"单选按钮。

（2）在"基点"选项组中单击"拾取点"按钮，在绘图窗口中捕捉符号的下顶点 C 点作为插入基点，如图 7 - 49 所示。

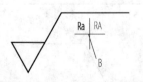

图 7 - 47   属性"插入点"选择

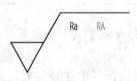

图 7 - 48   完成属性定义

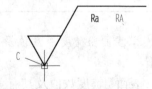

图 7 - 49   选择属性块的插入基点

（3）在"对象"选项组中单击"选择对象"按钮，在绘图窗口中选择表面粗糙度符号及其属性标记"RA"，然后回车。

（4）在"目标"选项组中的"文件名和路径"文本框中输入文件名和路径，然后单击"确定"按钮，完成属性块的创建。

三、插入表面粗糙度属性块

下面以图 7 - 50 为例，依据国标 GB/T 131—2006 中有关表面粗糙度标注的规定，介绍插入表面粗糙度的方法。

（1）单击"绘图"工具栏中的"插入块"
按钮"🔲"，弹出"插入"对话框，如图7-51
所示，在"名称"选项组中单击"浏览"按钮
浏览(B)... 后，弹出"选择图形文件"对话框，
从中选择要插入的表面粗糙度块。

（2）在"插入点"选项组中勾选"在屏幕
上指定"复选框，在"缩放比例"选项组中勾
选"统一比例"复选框，并在"X"文本框中
输入"1"，在"旋转"选项组中勾选"在屏幕
上指定"复选框，其他选项取默认值，如图
7-51所示。

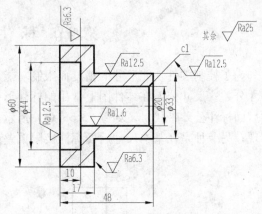

图7-50　插入表面粗糙度属性块

（3）单击"确定"按钮，在绘图窗口中选择图块的插入点，并在命令行中"输入属性值
RA〈6.3〉："提示后面输入适当的数值，然后回车，如图7-52所示。

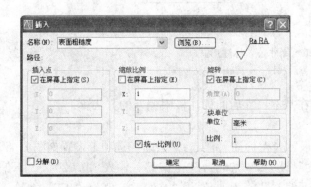

图7-51　设置"插入"对话框

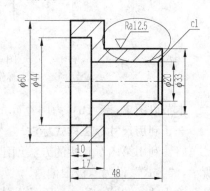

图7-52　插入第一个属性块

（4）重复（1）～（3）步骤，插入如图7-53所示的表面粗糙度属性块。

（5）单击"标注"工具栏中的"快速引线"按钮，绘制引线，然后在引线上标注如图7-54所示的表面粗糙度。

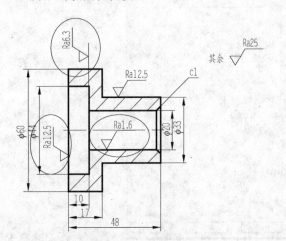

图7-53　插入表面粗糙度属性块

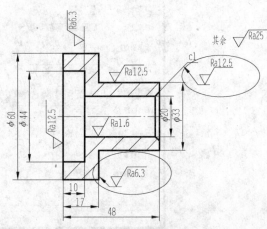

图7-54　用"快速引线"插入表面粗糙度属性块

第四节 标注尺寸公差

为了控制零件功能尺寸的精度而限制功能尺寸不超出设定的极限值，零件图上需要标注尺寸公差。尺寸公差在零件图上常用的标注形式有三种，这里只介绍两种：一种是在基本尺寸后面标注公差带代号，如图 7-55（a）所示，这种标注方法可用第六章介绍的尺寸标注来实现；另一种是在基本尺寸后面标注极限偏差值如图 7-55（b）所示。

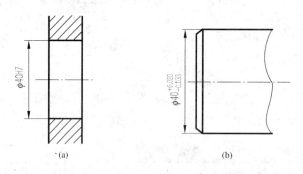

图 7-55 尺寸公差标注形式

（a）标注公差带代号；（b）标注极限偏差

本节以图 7-55（b）为例着重介绍在基本尺寸后面标注极限偏差的方法。

一、利用尺寸标注样式标注

（1）利用第六章介绍的方法创建"尺寸公差标注"样式。"公差"选项卡设置如图 7-56 所示，"方式"设为"极限偏差"，"精度"设为"0.000"，"上偏差"输入"0.020"，"下偏差"输入"0.033"（注意，系统默认"下偏差"值为"负"，"上偏差"值为"正"，在输入上、下偏差值时要注意正负号）。"高度比例"设为"0.6"，"垂直位置"选择"下"，"消零"

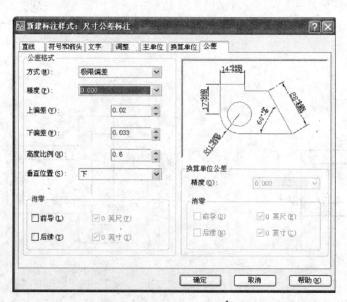

图 7-56 设置"公差"选项卡

选项组中的"后续"选项取消，单击"确定"按钮，完成标注样式创建。此时，在"标注样式"下拉列表框中增加了"尺寸公差标注"，如图 7-57 所示。

（2）标注：当需要进行尺寸公差标注时，用户应首先在"标注样式"下拉列表框中选择需要的公差标注样式，然后再进行标注。

二、利用尺寸编辑功能编辑尺寸标注

（1）标注如图 7-58 所示的直径尺寸。

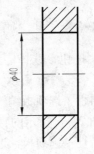

图 7-57 "标注样式"下拉列表框　　　　图 7-58 标注直径尺寸

（2）单击"标注"工具栏中的"编辑标注"按钮 A，命令行提示如下：

命令：_dimedit

输入标注编辑类型［默认（H）/新建（N）/旋转（R）/倾斜（O）］〈默认〉：N

（选择新建选项，回车）

弹出"文字格式"对话框，如图 7-59 所示。

图 7-59 "文字格式"对话框

在默认文字后面输入如图 7-60 所示上、下偏差值。注意，在上、下偏差数值间要输入符号"^"。

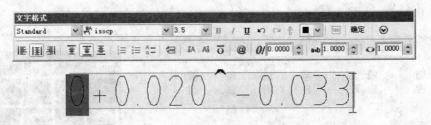

图 7-60 输入上、下偏差数值

选中偏差值，单击"堆叠"按钮，并将"文字高度"设为"2.1"，如图 7-61 所示。

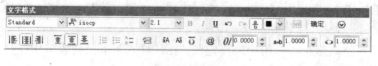

图 7-61　将偏差值堆叠

单击"确定"按钮，选择需要标注该极限偏差的直径尺寸，完成后如图 7-55（b）所示。

三、利用"特性"选项板编辑尺寸标注

（1）标注如图 7-58 所示的直径尺寸。

（2）打开"特性"选项板，选择需要编辑的直径尺寸。在"公差"选项组中，各项设置如图 7-62 所示。

图 7-62　"公差"选项设置

第五节　标 注 形 位 公 差

形位公差也是零件图中技术要求的重要组成部分，它根据实际需要对零件上精度要求较高部位的加工提出相应的形状误差和位置误差，如图 7-63 所示。

一、直接标注形位公差

执行命令的常用方法有以下几种：

1）单击"标注"工具栏中的"公差"按钮；

2）在下拉菜单中选择"标注—公差"命令；

3）在命令行直接输入"Tol"后回车。

执行命令后，弹出"形位公差"对话框，如图 7-64 所示。

图 7-63　形位公差标注

对话框中主要选项的功能如下。

（1）"符号"选项组：用于设置形位公差符号，单击该列的 ■ 框，弹出"特征符号"对话框，如图 7-65 所示。在该对话框中可以为第一个或第二个公差选择所需特征符号。

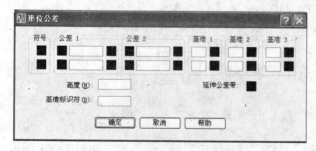

图 7-64　"形位公差"对话框

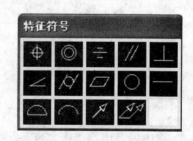

图 7-65　"特征符号"对话框

（2）"公差"选项组："公差 1"
和"公差 2"都是用于设置公差的数
值，在白色文本框中输入公差值，如
图 7 - 66 所示，单击白色文本框前面
的■框可设置直径符号"φ"。单击白
色文本框后面的■框，弹出如图 7 - 67
所示"附加符号"对话框，可添加形
位公差原则标识。

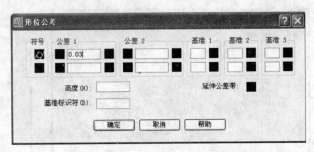

图 7 - 66　输入公差值

（3）"基准"选项组："基准 1"、"基准 2"和"基准 3"都是用于设置形位公差的基准
符号，在白色文本框中输入基准符号的大写字母，如 A、B、C 等，在它后面的■框中设置
形位公差原则标识，方法同前。

（4）"高度"文本框：用于创建投影公差带的零值。

（5）"延伸公差带"选项：单击■框，可在延伸公差带值的后面插入延伸公差带符号。

（6）"基准标识符"文本框：用于创建由参照字母组成的基准标识符号。

这样标注的形位公差是不带引线的，用户还需添加引线，如图 7 - 68 所示。

图 7 - 67　"附加符号"对话框

图 7 - 68　标注形位公差

二、利用快速引线标注形位公差

在 AutoCAD 中，使用"快速引线"命令标注形位公差更方便，下面以图 7 - 69 为例介
绍利用"快速引线"标注形位公差的具体步骤。

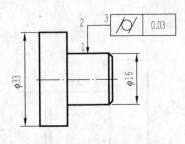

图 7 - 69　标注形位公差示例

（1）在"标注"工具栏上单击"快速引线"按钮。

（2）命令行出现提示"指定第一个引线点或［设置
（S）］〈设置〉："时，直接回车。弹出"引线设置"对话框。
在"注释类型"选项组中选择"公差"单选按钮，对话框
转换成如图 7 - 70（a）所示的对话框。该对话框包含两个选
项卡，其设置如图 7 - 70（a）、（b）所示。

（3）单击"确定"按钮，退出"引线设置"对话框。

（4）命令提示行如下：

指定第一个引线点或［设置（S）］〈设置〉：　　　　　（用鼠标单击图 7 - 69 所示"1"点）

指定第一个引线点或［设置（S）］〈设置〉：　　　　　（用鼠标单击图 7 - 69 所示"2"点）

指定下一点：　　　　　　　　　　　　　　　　　　　（用鼠标单击图 7 - 69 所示"3"点）

确定第三个点后，弹出"形位公差"对话框，设置相应的形位公差项目符号，输入公差
值，如图 7 - 71 所示。

（5）单击"确定"按钮，完成形位公差标注。

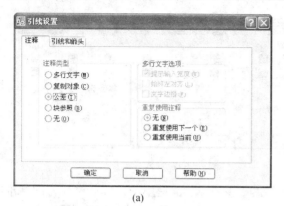 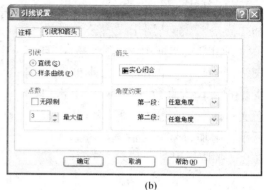

图 7-70 "引线设置"对话框

(a)"注释"选项卡设置；(b)"引线和箭头"选项卡

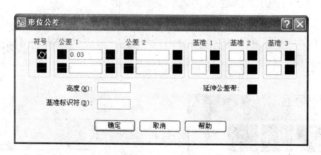

图 7-71 设置圆柱度形位公差对话框

第六节 上 机 实 践

一、按图 7-72 中所给尺寸，查表绘制螺栓、螺母和垫圈图形，并分别将它们创建成图块，再将其组装成螺栓连接图。

二、创建基准符号属性块，并插入到图形中，如图 7-73 所示。

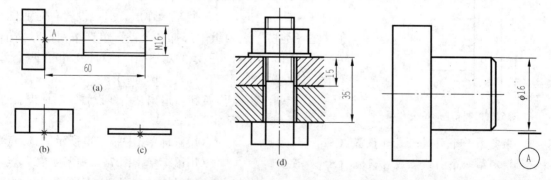

图 7-72 螺栓连接

(a) 螺栓；(b) 螺母；(c) 垫圈；(d) 螺栓连接

图 7-73 基准符号属性块

三、完成图 7-74 所示的轴零件图。

四、完成图 7-75 所示图形中公差与配合的标注。

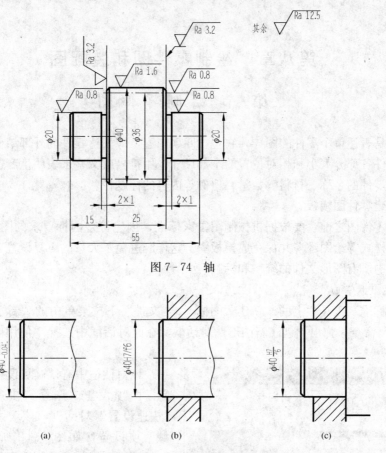

图 7 - 74　轴

图 7 - 75　公差与配合标注

第八章 绘制零件图和装配图

第一节 绘 制 零 件 图

零件图是表达单个零件的图样，它包含四项内容，即表达零件内外部结构形状的一组图形，确定零件各部分大小和相对位置的全部尺寸，用符号或文字来表明生产这个零件的技术要求，填写零件的名称、材料、数量、比例等内容的标题栏。

一、创建零件图模板

在绘制零件图之前，要根据机械制图国家标准，创建符合国标要求的图纸幅面、线型、字体、尺寸样式等绘图环境并保存成模板图。这样既避免了大量的重复设置工作，又可以保证同一项目中所有图形文件的统一和标准。

1. 设置图纸幅面

单击"标准"工具栏上的"新建"图标□、"文件"下拉菜单中的"新建"或在命令行输入"new"命令，弹出"创建新图形"对话框，在此对话框中选择"使用向导"，如图8-1所示。

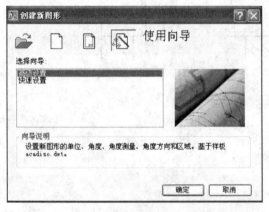

图8-1 "创建新图形"对话框

该对话框中有"高级设置"和"快速设置"两项设置。选择"快速设置"，弹出"快速设置"对话框，该对话框有单位、区域两项设置，如图8-2所示。单位选择"小数"，区域一项是指图纸幅面，默认图纸幅面为"420×297"即A3图纸，如图8-3所示，单击"完成"按钮进入AutoCAD工作界面。

"高级设置"增加了角度单位及其精度、角度测量、角度方向三项内容，均取默认值即可。一般情况下，不必选择高级设置。

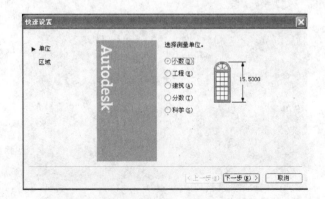

图8-2 "单位"设置

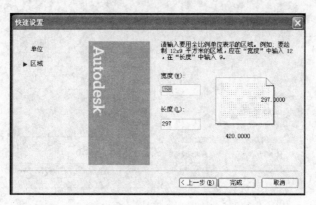

图 8-3　"区域"设置

2. 设置图层、颜色、线型

按照第二章介绍的方法对图层进行设置，粗实线线宽设为 0.5mm 或 0.7mm，其余设为缺省（0.25mm）或 0.35mm，如图 8-4 所示。

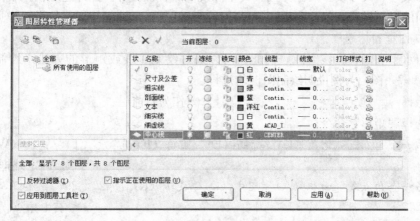

图 8-4　图层设置

3. 设置文字样式

汉字字体设为"仿宋_GB2312"，如图 8-5 所示，数字与字母字体设为"isocp.shx"，如图 8-6 所示。具体设置过程参见第三章。

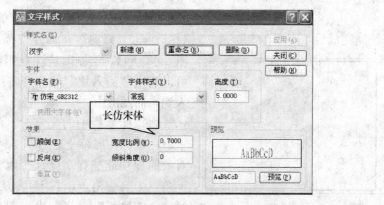

图 8-5　汉字的设置

图 8-6　数字与字母的设置

4. 设置尺寸标注样式

应根据国家标准 GB/T 4458.4—2003《机械制图　尺寸注法》设置尺寸标注样式，如箭头形状和大小、尺寸线、尺寸界线、文字外观及放置位置等。此外还应根据不同的标注对象设置不同的标注样式，如角度标注、尺寸公差标注等。尺寸标注样式的设置详见第六章。

5. 绘制图框和标题栏

图框由水平和竖直直线组成，因此，可以通过绘制直线或矩形的方法来绘制。下面以 A3（420×297）图幅为例说明绘制图框的过程。

（1）选择 ⊗ ♀○◎ 🔲 ■细实线 🔽 ⊗ ≋ 作为当前层。

（2）选择"矩形"命令 ▭。

指定第一个角点或［倒角（C）/标高（E）/圆角（F）/厚度（T）/宽度（W）］：0，0
（回车，确定外框左下角点）

指定另一个角点或［面积（A）/尺寸（D）/旋转（R）］：420，297　（回车，确定外框
右上角点，画出外框）

（3）选择 ≋ ♀○◎ 🔲□ 粗实线 🔽 ⊗ ≋ 作为当前层。

（4）再选择"矩形"命令 ▭。

指定第一个角点或［倒角（C）/标高（E）/圆角（F）/厚度（T）/宽度（W）］：25，5
（回车，确定内框左下角点）

指定另一个角点或［面积（A）/尺寸（D）/旋转（R）］：415，292　（回车，确定内框
右上角点，完成内框的绘制，见图 8-7）

图框绘制完成后，用"直线" ／、"偏移" ⬚、"修剪" ⊹ 命令按标准绘制标题栏，如图 8-8 所示，绘制时应注意粗细实线的选取。也可以利用"插入块"的命令将绘制好的标题栏插入到当前图形中。

填写标题栏中的文字时，如填写"设计"二字，用鼠标在屏幕上选择输入文字的区域，利用对象捕捉功能捕捉"设计"两字所在单元格的左上角点为第一角点，右下角点为对角点，在弹出的"文字格式"对话框中，选择文字样式，确定

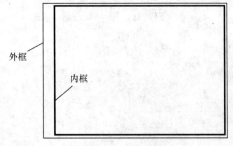

图 8-7　A3 图框

文字高度，对正方式选择"正中"。

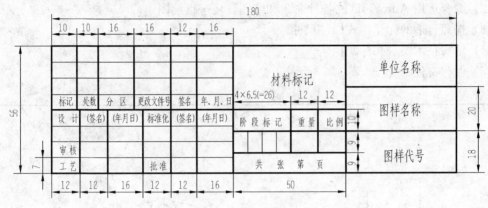

图 8-8 标题栏格式

6. 保存为样板文件

选择"文件"下拉菜单中的"另存为"菜单项，弹出"图形另存为"对话框，在"文件类型"下拉列表中选择"AutoCAD 图形样板文件（＊.dwt）"，在文件名下拉列表框中输入文件名"A3 图模板"，如图 8-9 所示。单击"保存"按钮，弹出"样板说明"对话框，在对话框中输入"A3 图纸横放"，如图 8-10 所示，单击"确定"按钮，完成样板图的保存。

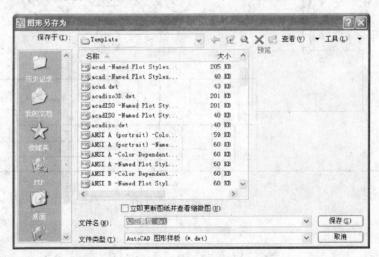

图 8-9 选择文件类型

二、零件图的绘图步骤

利用 AutoCAD 绘制零件图的步骤与用尺规绘图类似，即选图幅、画图形、标注尺寸、注写技术要求和填写标题栏。应特别强调的是，用 AutoCAD 绘图时应分层绘制，即把不同的对象放置在不同的图层中，以便于修改和相互调用图形。下面以图 8-11 为例说明零件图的绘图步骤。

图 8-10 "样板说明"对话框

（1）调用"A3 图模板"，并将其另存为"机匣盖"。

（2）综合运用 AutoCAD 的各种命令和绘图技巧进行绘图。

（3）选择合适的标注样式标注尺寸。

（4）填写技术要求和标题栏。

（5）保存文件。

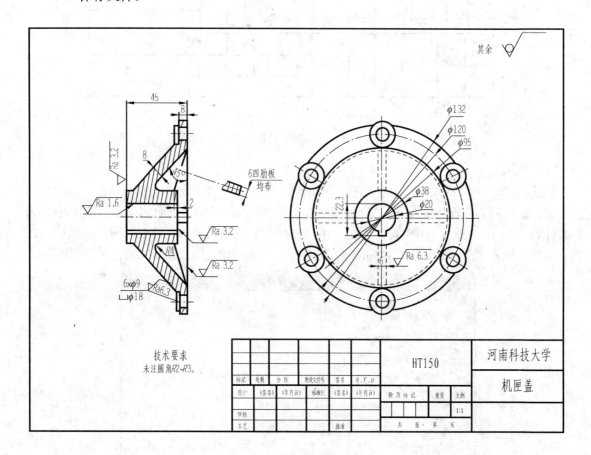

图 8-11 机匣盖零件图

第二节 绘 制 装 配 图

装配图是表达机器或部件的图样，在装配图中应表达出机器或部件的工作原理、零件间的装配关系和各零件的主要结构形状及所需要的尺寸和技术要求。它应包含四项内容：一组图形，必要的尺寸，技术要求，零部件序号、明细栏和标题栏。

利用 AutoCAD 绘制装配图可以采用的方法有：零件图块插入法、零件图形剪贴复制插入法、根据零件图直接绘制和利用设计中心拼画装配图等。本节主要介绍用零件图块插入法绘制装配图。

在介绍绘制装配图的方法之前，先介绍一下在装配图中如何绘制标题栏、明细栏及零件序号。

一、标题栏的绘制

上一节介绍了如何创建样板文件，实际上，AutoCAD 系统提供了多种样板文件供用户选择，其中有符合国标的图框和标题栏样板，可在"模型"空间绘制好图形后在"图纸"空间直接调用，并利用编辑块属性命令来修改标题栏中的文字。具体步骤如下。

（1）选择"插入—布局—来自样板的布局"，在打开的"从文件选择样板"对话框中选择"GB _ a3-Named Plot Style"样板，如图 8 - 12 所示，然后单击"打开"按钮，弹出如图 8 - 13 所示的"插入布局"对话框，单击"确定"按钮。

图 8 - 12　"选择样板"对话框

（2）在状态栏上单击"图纸"按钮，切换到浮动模型空间，使用"实时平移"、"实时缩放"等工具调整浮动视口中视图的显示。

（3）在状态栏上单击"模型"按钮，切换到图纸布局空间，单击标题栏所在的任意位置，点鼠标右键，弹出快捷菜单，选择"编辑属性"，弹出"增强属性编辑器"对话框，如图 8 - 14 所示，根据所画零件情况依次输入对应的值。

图 8 - 13　"插入布局"对话框

二、明细栏的绘制

1. 插入属性块绘制明细栏

（1）绘制符合国标规定的明细栏表头，尺寸如图 8 - 15 所示，并将其定义为"明细栏表头"块。

（2）创建带属性的明细栏内容栏图块。选择菜单"绘图—块—定义属性"，打开"属性定义"对话框，明细栏内容栏在"模式"设置区选择"预置"项，在"属性"设置区中输入"标记"、"值"等，依次将明细栏各框中属性一一定义，然后将其定义为"明细栏内容栏"块，如图 8 - 16 所示。

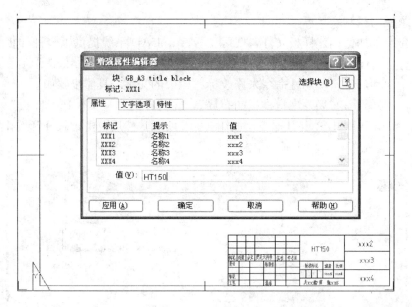

图 8-14　利用"增强属性编辑器"修改标题栏

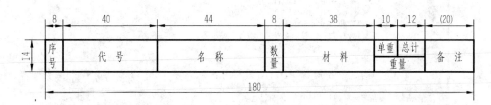

图 8-15　明细栏表头图块

序号	代号	名称	数量	材料	单重	总重	备注

图 8-16　明细栏内容栏图块

（3）单击"绘图"工具栏中"插入块" ，将前面所创建的"明细栏表头"块和"明细栏内容栏"块依次插入到标题栏上方，如图 8-17 所示。

序号	代号	名称	数量	材料	单重	总重	备注
序号	代号	名称	数量	材料	单重	总计 重量	备注
			(标题栏)				

图 8-17　插入明细栏

（4）单击"修改"工具栏中"阵列" ⊞ ，根据需要将"明细栏内容栏"块矩形阵列为"N行"、"1列"，如7行1列，详细设置如图8-18所示，阵列结果见图8-19。

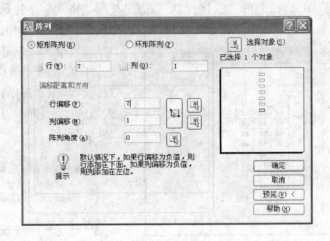

图8-18 设置"明细栏内容栏"块矩形阵列选项

序号	代号	名称	数量	材料	单重	总重	备注
序号	代号	名称	数量	材料	单重	总重	备注
序号	代号	名称	数量	材料	单重	总重	备注
序号	代号	名称	数量	材料	单重	总重	备注
序号	代号	名称	数量	材料	单重	总重	备注
序号	代号	名称	数量	材料	单重	总重	备注
序号	代号	名称	数量	材料	单重	总重	备注
序号	代号	名称	数量	材料	单重 总计	重量	备注
				(标题栏)			

图8-19 "明细栏内容栏"块矩形阵列结果

（5）选择菜单"修改—对象—属性—单个"，选择"明细栏内容栏"中需要修改的"属性"，弹出"增强属性编辑器"对话框，依次修改各个属性值。

2. 表格法创建明细栏

利用 AutoCAD 2007 的表格功能，可以方便、快速地绘制各种表格，如标题栏、明细栏等，还可以从 Microsoft Excel 中直接复制表格，并将其作为 AutoCAD 表格对象粘贴到图形中。此外，还可以输出来自 AutoCAD 的表格数据，以供在 Microsoft Excel 或其他程序中使用。

AutoCAD 2007 中表格的外观由表格样式控制，若要使用表格，首先应创建表格样式，然后再创建表格。

（1）创建表格样式。

1）单击"格式"工具栏上的"表格样式"按钮 或"格式"下拉菜单中的"表格样式"或在命令行输入"Tablestyle"命令，弹出"表格样式"对话框，如图 8-20 所示。

2）单击"新建"按钮，弹出图 8-21 所示的"创建新的表格样式"对话框，在"新样式名"文本框中输入新的样式名称，并选择基础样式为"Standard"。

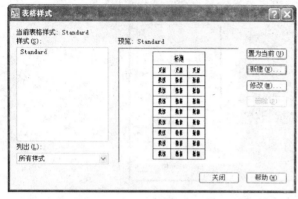

图 8-20　"表格样式"对话框　　　　　　图 8-21　"创建新的表格样式"对话框

3）单击"继续"按钮，弹出图 8-22 所示的"新建表格样式：样式1"对话框，可以使用"数据"、"列标题"、"标题"三个选项卡分别设置其对应的样式。其"列标题"选项卡如图 8-23 所示，"标题"选项卡如图 8-24 所示。

图 8-22　"新建表格样式"对话框

如图 8-22～图 8-24 中所示，三个选项卡中均包括"单元特性"、"边框特性"、"基本"和"单元边距"四个选项组。

a．"单元特性"选项组。用于设置数据单元、列标题和表格标题的外观，具体取决于当前所用的选项卡："数据"、"列标题"或"标题"选项卡。

"用于所有数据行"：将设置应用于所有数据行（仅限于"数据"选项卡）。

"包含页眉行"：确定表格是否具有页眉行。如果清除此选项，将不能选取单元特性设置

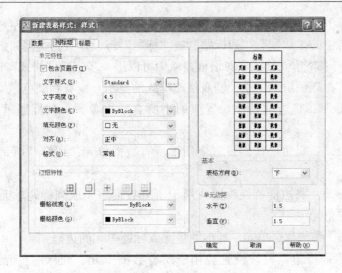

图 8 - 23　"列标题"选项卡

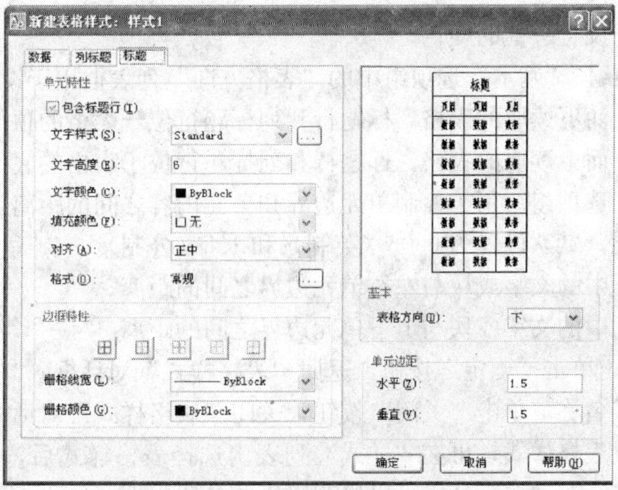

图 8 - 24　"标题"选项卡

（仅限于"列标题"选项卡）。

"包含标题行"：确定表格是否具有标题行。如果清除此选项，将不能选取单元特性设置（仅限于"标题"选项卡）。

其他各个选项的功能如下。

文字样式：列出图形中的所有文字样式。单击后面 ⊡ 的按钮，将打开"文字样式"对话框，从中可以创建新的文字样式。

文字高度：确定文字的高度。"数据"和"列标题"选项卡中的默认文字高度为 4.5mm。"标题"选项卡中的默认文字高度为 6mm。

文字颜色：用于设置表格中文字的颜色。

填充颜色：用于设置表格单元的背景色，默认值为"无"。

对齐：设置表格单元中文字的对正和对齐方式。文字根据单元的上下边界进行居中对齐、靠上对齐或靠下对齐。文字相对于单元的左右边界进行居中对正、左对正或右对正。

格式：为表格中的"数据"、"列标题"或"标题"行设置数据类型和格式。单击后面的 按钮，将打开"表格单元格式"对话框，从中可以进一步定义"格式"选项。

b. "边框特性"选项组。用于控制表格边框线的显示、线宽和颜色。

所有边框按钮：将边框特性设置应用于所有数据单元、列标题单元或标题单元的边框。

外部边框按钮：将边框特性设置应用于所有数据单元、列标题单元或标题单元的外部边框。

内部边框按钮：将边框特性设置应用于所有数据单元或列标题单元的内部边框。此选项不适用于标题单元。

无边框按钮：隐藏数据单元、列标题单元或标题单元的边框。

底边框按钮：将边框特性设置应用于所有数据单元、列标题单元或标题单元的底边框。

栅格线宽：用于设置边框的线宽。

栅格颜色：用于设置边框的颜色。

c. "基本"选项组。"基本"选项组中的"表格方向"列表框用于设置表格的方向。

向下：创建由上而下读取的表格。标题行和列标题行位于表格的顶部。

向上：创建由下而上读取的表格。标题行和列标题行位于表格的底部。

d. "单元边距"选项组。用于控制单元边界和单元内容之间的距离。单元边距设置应用于表格中的所有单元。默认设置为 0.06（英制）和 1.5（公制）。

水平：设置单元中的文字或块与左右单元边界之间的距离。

垂直：设置单元中的文字或块与上下单元边界之间的距离。

4）设置完成后，单击"确定"按钮，返回"表格样式"对话框，"样式"列表中会显示出新创建的表格样式名称，单击"关闭"按钮，关闭"表格样式"对话框。

若用户需要修改表格样式，可在"样式"列表内选择表格样式后，单击"修改"按钮，弹出"修改表格样式"对话框，从中可以修改表格的各项属性。

（2）创建表格。

1）单击"绘图"工具栏中的"表格"按钮、"绘图"下拉菜单中的"表格"或在命令行输入"Table"命令，弹出如图 8-25 所示的"插入表格"对话框。

2）在"表格样式名称"下拉列表框中，选择好表格样式，并根据表格的需要设置相应的参数。在对话框右侧有"插入方式"和"列和行设置"两个选项组。

a. "插入方式"选项组：用于指定表格位置。

指定插入点：指定表格左上角的位置。如果表格样式将表格的方

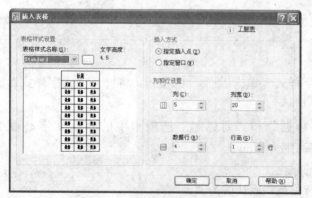

图 8-25　"插入表格"对话框

向设置为由下而上读取，则插入点位于表格的左下角。

指定窗口：指定表格的大小和位置。选定此选项时，行数、列数、列宽和行高取决于窗口的大小及列和行的设置。

b."列和行设置"选项组：用于设置列和行的数目和大小。

列：用于指定列数。选定"指定窗口"选项并指定列宽时，则选定了"自动"选项，且列数由表格的宽度控制。

列宽：用于指定列的宽度。选定"指定窗口"选项并指定列数时，则选定了"自动"选项，且列宽由表格的宽度控制。最小列宽为一个字符。

数据行：用于指定行数。选定"指定窗口"选项并指定行高时，则选定了"自动"选项，且行数由表格的高度控制。带有标题行和页眉行的表格样式最少应有三行。最小行高为一行。

行高：按照文字行高指定表格的行高。文字行高基于文字高度和单元边距，这两项均在表格样式中设置。选定"指定窗口"选项并指定行数时，则选定了"自动"选项，且行高由表格的高度控制。

3）设置完成后单击"确定"按钮，在绘图窗口即可插入一个空白表格。此时可以接着填写表格内容，也可点击鼠标左键或按回车键结束表格填写。

（3）编辑表格。

表格创建完成后，用户若想对表格进行编辑修改，可使用表格的快捷菜单来进行。当选择整个表时，其快捷菜单如图 8-26 所示。选择单元格时，其快捷菜单如图 8-27 所示。

图 8-26 选取整个表格时的快捷菜单

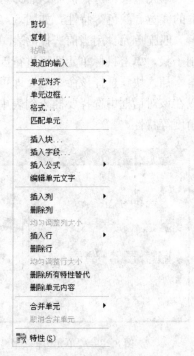

图 8-27 选取单元格时的快捷菜单

1）编辑表。选择整个表格，可以对其进行剪切、复制、删除、移动、缩放等编辑操作，也可以均匀调整表的行、列的大小，还可以删除所有的特性替代。当选择整个表格时，表格上会出现夹点，它们分别是表格的外边框四个角点 A、B、C、D 以及列标题单元格上的一行夹点，如图 8-28 所示，可以使用这些夹点来修改表格。

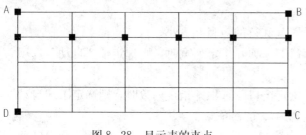

图 8-28　显示表的夹点

左上夹点 A：用于移动表格。

右上夹点 B：用于修改表格的宽度并按比例修改所有列。

左下夹点 D：用于修改表格的高度并按比例修改所有行。

右下夹点 C：用于修改表格的高度和宽度并按比例修改行和列。

列标题上的夹点：用于加宽或变窄一列，并加宽或缩小表格以适应此修改。

Ctrl＋列夹点：加宽或缩小相邻列而不改变表宽。

2）编辑表格单元。在单元内单击就可以选中该单元，这时单元边框的中央将显示夹点。使用下列方法之一可以选择一个或多个要修改的表格单元：在单元内单击；单击并在多个单元上拖动；按住 Shift 键并在另一个单元内单击，可以同时选中这两个单元及它们之间的所有单元。

选中单元后，拖动单元上的夹点可以使单元及其列或行变宽或变窄。也可以单击鼠标右键，然后使用快捷菜单上的选项来插入、删除列和行、合并相邻单元或进行其他修改。其中主要命令的功能如下。

单元对齐：在该菜单的子菜单中可以选择表格单元的对齐方式。

单元边框：选择该命令后即可打开"单元边框特性"对话框，可以在该对话框中设置边框的线宽、颜色等特性，如图 8-29 所示。

匹配单元：用当前选择的表单元格式匹配其他表单元。选择该命令时，鼠标指针将变成刷子状，单击目标单元即可进行匹配。

插入块：选择该命令后，即可打开图 8-30 所示的"在表格单元中插入块"对话框，可以在该对话框中选择要插入到表中的块，还可以设置块在单元格中的对齐方式、比例、旋转角度等特性。

图 8-29　"单元边框特性"对话框

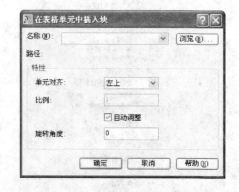

图 8-30　"在表格单元中插入块"对话框

合并单元：选择多个连续的单元格，使用该命令可以全部、按列或按行合并单元格。

编辑单元文字：双击单元格中要编辑的文字或单击单元格，使用该命令，弹出"文字格式"对话框，可编辑单元文字。

　　下面以图 8-31 所示的千斤顶装配图中的明细栏为例，介绍一下用表格法创建明细栏的方法步骤。

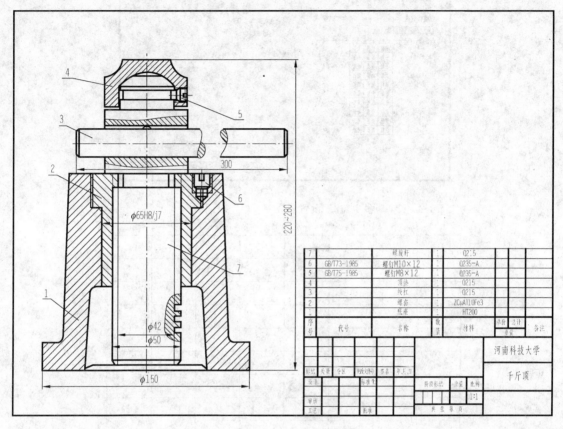

图 8-31　千斤顶装配图

　　步骤 1　单击"格式"工具栏上的"表格样式"按钮，打开"表格样式"对话框，单击"新建"按钮，打开"创建新的表格样式"对话框，并在"新样式名"文本框中输入表格样式名"明细栏"。单击"继续"按钮，弹出"新建表格样式"对话框，在"数据"、"列标题"和"标题"这三个选项卡中的"单元特性"选项组中，文字样式选择前面已设置过的"工程字"，文字高度设为 4.5，"对齐"都选择"正中"，分别在"列标题"和"标题"选项卡中取消对"包含页眉行"和"包含标题行"复选框的勾选，"单元边距"中的"水平"和"垂直"均设为 0.5，对话框中的其他参数都选默认值即可，然后单击"确定"按钮，完成"明细栏"表格样式的创建。

　　步骤 2　在"表格样式"对话框中，选择"明细栏"，并单击"置为当前"按钮，将"明细栏"设置为当前的表格样式，然后单击"关闭"按钮。

　　步骤 3　单击"绘图"工具栏中的"表格"命令，打开"插入表格"对话框。在"插入方式"选项组中选择"指定插入点"的方式，在"列和行设置"选项组中，设置"列"为 8，"列宽"为 20，"数据行"为 9，"行高"为 1 行，如图 8-32 所示。

　　步骤 4　设置完成后单击"确定"按钮，此时在绘图窗口即可插入一个 9 行 8 列的空白表格，如图 8-33 所示。

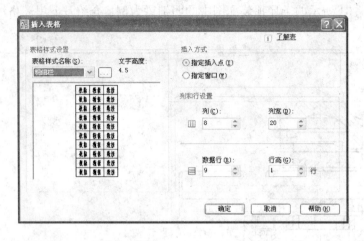

图 8-32 设置"插入表格"对话框

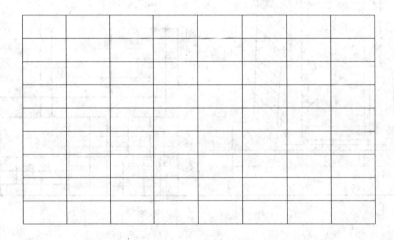

图 8-33 空白表格

图 8-34 "特性"对话框

步骤 5 用鼠标选中左侧一列单元格中的任意一个单元格，单击鼠标右键，在弹出的快捷菜单中选择"特性"，弹出如图 8-34 所示的"特性"对话框，将"单元宽度"设为 8，而"单元高度"因文字大小和单元边距的不同而有所差别，当"文字高度"为默认值 4.5，"单元边距"为 0.5 时，"单元高度"为 7，符合明细栏的尺寸要求。用同样的方法将其后面各列的宽度依次调整为 40、44、8、38、10、12 和 20，调整完宽度的表格如图 8-35 所示。

步骤 6 选择第 1 列中的下面两个单元格，单击鼠标右键，在弹出的快捷菜单中选择"合并单元—全部"命令，将其合并为一个单元格。使用同样的方法分别将第 2、3、4、5、8 列的下面两个单元格合并为一个单元格，最下面一行的第 6、7 两个单元格合并为一个单元格，如图 8-36 所示。

图 8 - 35　调整单元宽度

图 8 - 36　合并单元格

步骤 7　双击某个单元格，进入文本输入模式，依次向表格中添加文字，最终得到如图 8 - 37 所示的明细栏。

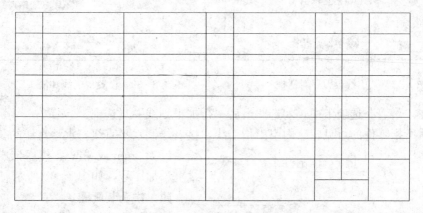

序 号	代 号	名 称	数量	材 料	单价	总计	备 注
7		螺旋杆	1	Q215			
6	GB/T73-1985	螺钉 M10×12	1	Q235-A			
5	GB/T75-1985	螺钉 M8×12	1	Q235-A			
4		顶垫	1	Q215			
3		绞杠	1	Q215			
2		螺套	1	ZCuAl10Fe3			
1		底座	1	HT200			
序 号	代 号	名 称	数量	材 料	单价 / 重 量	总计	备 注

图 8 - 37　"千斤顶"的明细栏

三、零件序号的绘制

利用 AutoCAD 提供的"快速引线"命令，可以方便、快捷地绘制零件序号。

（1）单击"标注"工具栏中的"快速引线"按钮、"标注"下拉菜单中的"引线"或在命令行输入"Qleader"命令，命令行会出现提示"指定第一个引线点或［设置（S）］〈设置〉"，此时按回车键，会弹出"引线设置"对话框，如图 8-38 所示。"注释"选项卡中各选项均取默认值。

（2）在"引线和箭头"选项卡中，将"箭头"样式设为"小点"，"角度约束"选项组中"第二段"引线的角度设为"水平"，具体设置如图 8-39 所示。

图 8-38　"引线设置"对话框

图 8-39　设置"引线和箭头"选项卡

（3）在"附着"选项卡中，勾选"最后一行加下划线"复选框。

（4）从所指零件的可见轮廓内引出指引线，接着绘制水平直线，水平直线的长度不宜过长，设为 2mm 或 3mm，然后依次在水平引线上添加序号，如图 8-40 所示。

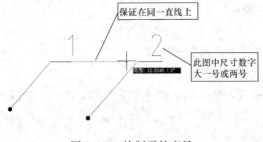

图 8-40　绘制零件序号

四、拼画装配图

用零件图块插入法绘制装配图，就是将组成部件或机器的各个零件的图形先创建为图块，然后再按零件间的相对位置关系，将零件图块逐个插入，拼绘成装配图的一种方法。下面是用该方法绘制千斤顶装配图（见图 8-31）的具体步骤。

（1）创建零件图块。用绘制零件图的方法绘制组成千斤顶各零件的零件图，图 8-41～图 8-45 分别为底座、螺套、螺旋杆、顶垫和绞杠的零件图（简化了图框和标题栏）。

关闭尺寸标注层、剖面线层，用"写块"命令"Wblock"，依次将零件图形定义成块。为了保证零件图块拼绘成装配图后各零件之间的相对位置和装配关系，在创建零件图块时，一定要选择好插入基点。主要零件的插入基点如图 8-46 所示。

（2）打开"A3 图模板"，将其以 .dwg 为扩展名另存为"千斤顶"。

（3）单击"绘图"工具栏中的"插入块" 🔲，插入基准件底座，如图 8-47 所示。比例为 1:1，将粗实线层设为当前层。

（4）插入螺套，顺时针旋转 90°使其轴线垂直，插入点捕捉底座上的 L 点，如图 8-48 所示。

（5）插入螺旋杆，顺时针旋转 90°使其轴线垂直，插入点捕捉螺套上的 M 点，如图 8-49 所示。

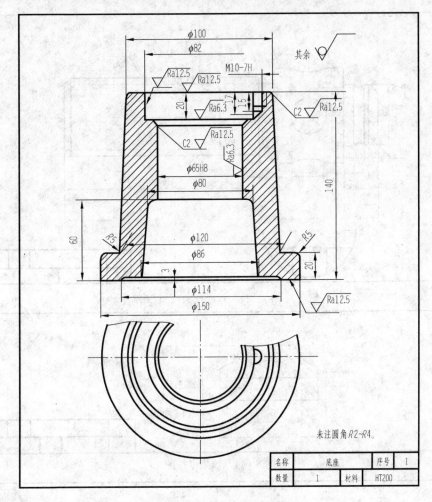

图 8-41 底座零件图

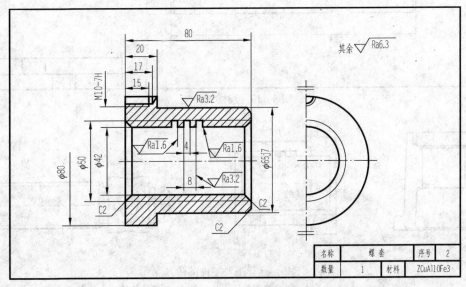

图 8-42 螺套零件图

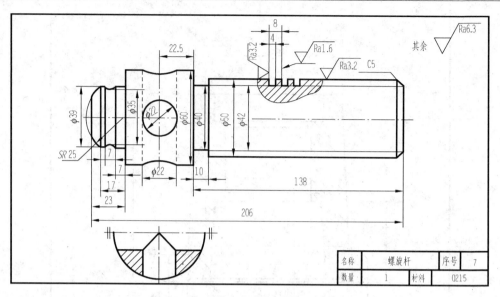

图 8-43　螺旋杆零件图

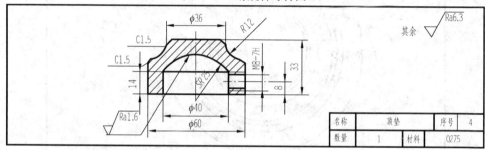

图 8-44　顶垫零件图

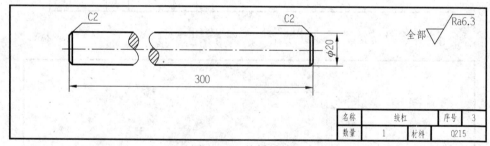

图 8-45　绞杠零件图

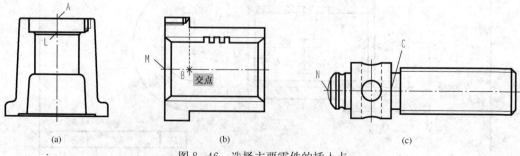

图 8-46　选择主要零件的插入点

（a）底座的插入基点 A；（b）螺套的插入基点 B；（c）螺旋杆的插入基点 C

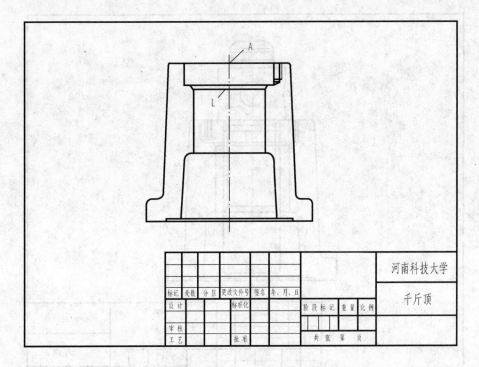

图 8-47　插入底座

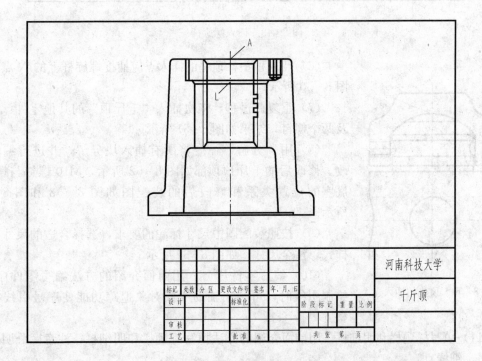

图 8-48　插入螺套

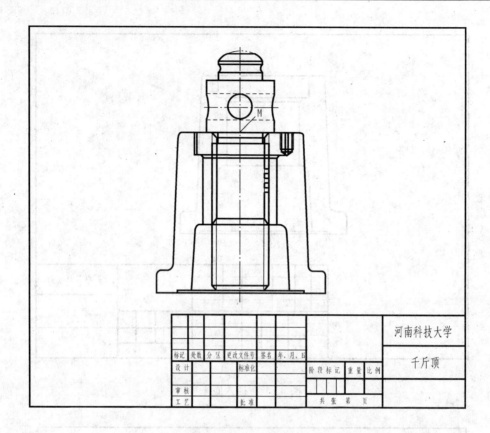

标记	处数	分区	更改文件号	签名	年,月,日				河南科技大学	
设 计			标准化			阶段标记	重量	比例	千斤顶	
审 核										
工 艺			批 准			共 张 第 页				

图 8-49　插入螺旋杆

（6）插入顶垫，顶垫的插入点应捕捉螺旋杆上的 N 点，如图 8-50 所示。

（7）重复此过程，依次插入"千斤顶"的其他零件：绞杠及两个螺钉，结果如图 8-51 所示。

（8）用"分解"命令将所有插入块分解，并进行编辑修改。修改后的千斤顶顶部如图 8-52 所示，M10 螺钉与螺套、底座的位置关系和修改后的装配图如图 8-53 和图 8-54 所示。

（9）按照装配图中尺寸标注的要求，选择合适的尺寸标注样式，注全尺寸，如图 8-31 所示。

（10）编写零件序号。用前面介绍的方法编写零件序号，绘制引线时，可利用辅助线或对象追踪功能使序号引线排列整齐。

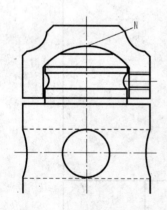

图 8-50　顶垫的插入点

（11）填写标题栏和明细栏。用前面介绍的方法填写标题栏和明细栏，注意区分明细栏中的粗、细线。

完成后的千斤顶装配图如图 8-31 所示。

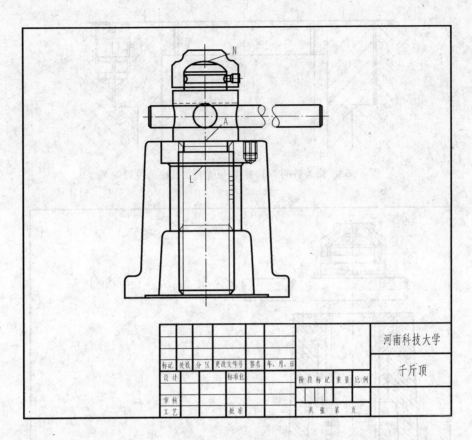

図 8-51 插入其他零件

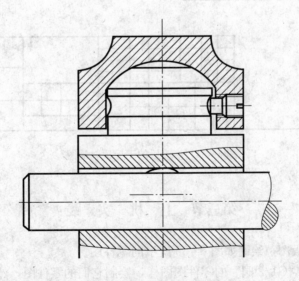

図 8-52 修改后的千斤顶顶部

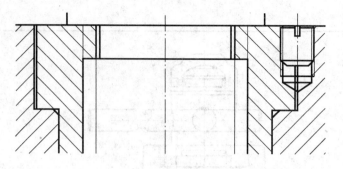

图 8-53　修改后的 M10 螺钉与螺套、底座的位置关系

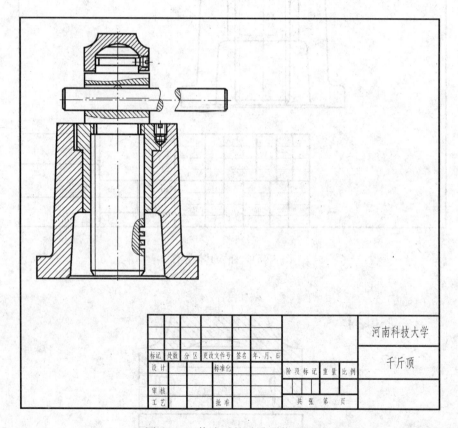

图 8-54　修改后的千斤顶装配图

第三节　上 机 实 践

一、创建 A3 模板图，绘制如图 8-55 所示的零件图。

二、根据给出的"G1/2 阀"的零件图图样，绘制它们的零件图，然后拼画成装配图。

G1/2 阀的工作原理：阀是用来控制管道中液体、气体流量大小的开关，要全部打开阀门（即管道进、出口全部接通）须旋转件 6 阀杆，使其 $\phi15$ 的孔与件 1 阀体上的 $\phi15$ 孔完全对正，由两孔对正的程度，来控制管道中流量的大小。

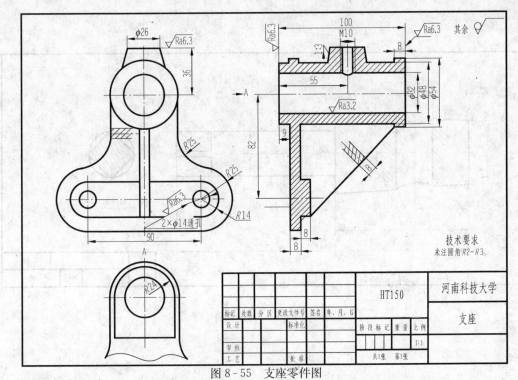

图 8-55 支座零件图

图 8-56 件 1 阀体

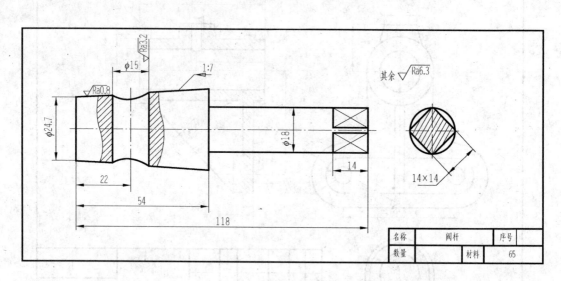

图 8-57　件 6 阀杆

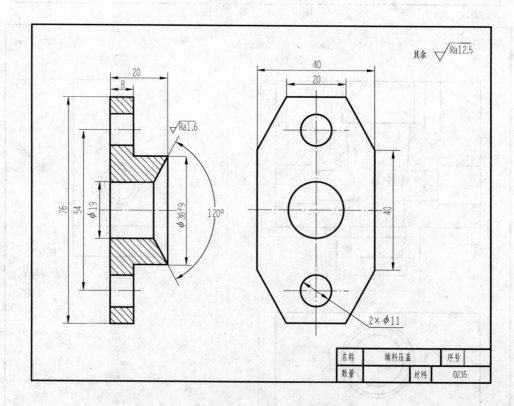

图 8-58　件 4 填料压盖

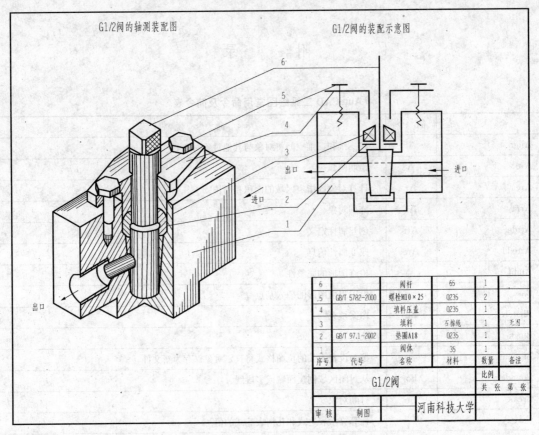

6		阀杆	65	1	
5	GB/T 5782-2000	螺栓M10×25	Q235	2	
4		填料压盖	Q235	1	
3		填料	石棉绳	1	无图
2	GB/T 97.1-2002	垫圈A18	Q235	1	
1		阀体	35	1	
序号	代号	名称	材料	数量	备注

G1/2阀

图 8-59　G1/2 阀的装配示意图

附　　录

AutoCAD 二维绘图常用命令及简令表

命　　令	简　令	命　令　说　明
Align	Al	在二维和三维空间将对象与其他对象对齐
Arc	A	绘制圆弧
Area	Ar	计算对象或指定区域的面积和周长
Array	Ar	阵列对象
Attdef	Att	创建属性定义
Attedif	Ate	改变属性信息
Audif		检查图形的完整性
Base		设置当前图形的插入基点
Bhatch	Bh	图案填充
Block	B	块定义
Bmpout		按与设备无关的位图格式将选定对象保存为新文件
Boundary	Bo	从封闭区域创建面域或多段线
Break	Br	打断对象
Cal		计算算术表达式和几何表达式的值
Chamfer	Cha	倒斜角
Change	Ch	修改选定对象的特性
Chprop		修改选定对象的颜色、图层、线型、线型比例因子、线宽、厚度和打印样式
Circle	C	绘制圆
Close		关闭当前图形
Color	Col	设置新对象的颜色
Copy	Co	复制对象
Copybase		使用指定基点复制对象
Copyclip		将对象复制到剪贴板
Copyhist		将命令行历史记录文字复制到剪贴板
Customize		自定义工具栏、按钮和快捷键
Cutclip		将选定对象复制到剪贴板并从图形中删除
Ddedit	Ed	编辑文字、标注文字、属性定义和特征控制框
Ddptype		指定点对象的显示样式及大小
Dim		进入标注模式
Dimaligned	Dal	创建对齐线性标注
Dimangular	Dan	创建角度标注
Dimbaseline	dba	选定标注的基线处创建线性、角度或坐标标注

命　令	简　令	命 令 说 明
Dimcenter	dce	创建圆和圆弧的圆心标记或中心线
Dimcontinue	Dco	选定标注的第二条尺寸界线处创建线性、角度或坐标标注
Dimdiamter	Ddi	创建圆和圆弧的直径标注
Dimedit	Ded	编辑标注
Dimlinear	Dli	创建线性标注
Dimordinate	Dor	创建坐标点标注
Dimoverride	Dov	替代尺寸标注系统变量
Dimradius	Dra	创建圆和圆弧的半径标注
Dimstyle	Dst	创建和修改标注样式
Dimtedit	Dimted	移动和旋转标注文字
Dist	Di	测量两点之间的距离和角度
Divide	Div	将点对象或块沿对象的长度或周长等间隔排列
Dount	Do	绘制填充的圆或环片
Draworder	Dr	修改图像和其他对象的绘图顺序
Dsettings	Ds、Se	指定捕捉模式、栅格、极轴和对象捕捉追踪的设置
Dsviewer	Av	打开鸟瞰视图窗口
Dwgprops		设置和显示当前图形的特性
Ellipse	El	绘制椭圆
Erase	E	删除对象
Explode	X	将选定的组合对象分解为若干基本对象
Export	Exp	以其他文件格式保存对象
Extend	Ex	延伸对象
Fill		控制图案、二维实体和宽多段线等对象的填充显示
Fillet	F	倒圆角
Find		查找、替换、选择或缩放指定的文字
Grid		在当前视口中显示点栅格
Group	G	创建和处理已保存的对象选择集
Hatch	H	用无关联填充图案填充区域
Hatchedit	He	修改现有的图案填充对象
Help		显示帮助
Import	Imp	将各种格式的文件输入到 AutoCAD 当前文件
Insert	I	插入块
Intersect	In	从两个或多个面域的交集中创建新面域并删除交集以外部分
Justifytext		修改选定文字对象的对正点
Layer	La	管理图层和图层特性
Layout	Lo	创建并修改图形文件的布局

续表

命　令	简　令	命　令　说　明
Layoutwizard		创建新的布局并指定页面和打印设置
Leader	Lead	创建引出标注或注释的引线
Lengthen	Len	修改对象的长度或圆弧的圆心角
Limits		设置并控制当前图形边界和栅格显示范围
Line	L	绘制直线
Linetype	Lt	加载、设置和修改线型
List	Li	显示选定对象的数据库信息
Ltscale	Lts	设置全局线型比例因子
Lweight	Lw	设置当前线宽、线宽显示选项和线宽单位
Matchprop	Ma	特性匹配
Measure	Me	将点对象或块按指定的间距放置在某一对象上
Minsert		以矩形阵列形式多重插入指定块
Mirror	Mi	镜像对象
Mledit		编辑多重平行线
Mline	Ml	创建多重平行线
Mlstyle		定义多重平行线的样式
Model		从布局模式切换到模型模式
Move	M	移动对象
Mspace	Ms	从图纸空间切换到模型空间视口
Mtext	T	创建多行文字
New		创建新图形文件
Offset	O	偏移对象
Oops		恢复上次删除的对象
Open		打开现有的 AutoCAD 图形文件
Options	Op	自定义 AutoCAD 设置
Ortho		光标移动的正交模式控制
Osnap		设置对象捕捉模式
Pagesetup		为新布局指定打印设备、图纸尺寸和设置
Pan	P	实时平移
Pasteblock		将复制对象粘贴为块
Pasteclip		插入剪贴板数据
Pasteorig		使用原图形的坐标将复制的对象粘贴到当前图形中
Pastespec	Pa	插入剪贴板数据并控制数据格式
Pedit	Pe	编辑多段线
Pline	Pl	绘制二维多段线
Plot	Print	将图形打印到绘图仪、打印机或文件

命　令	简　令	命　令　说　明
Point	Po	指定点
Polygon	Pol	绘制正多边形
Preview	Pre	预览打印图形效果
Properties	Ch、Mo	控制修改对象的特性
Propertiesclose	Prclose	关闭"特性"窗口
Pspace	Ps	从模型空间窗口切换到图形空间
Purge	Pu	删除图形中未使用的命名项目，如块、图层等
Qdim		快速创建标注
Qleader	Le	创建引线和引线注释
Qsave		直接保存文件
Qtext		控制文字和属性对象的显示和打印
Quit	Exit	退出 AutoCAD
Ray		创建射线
Recover		修复损坏的图形
Rectang	Rec	绘制矩形
Redo		恢复原来的操作
Redraw	R	刷新当前窗口中的显示
Regen	Re	从当前窗口重生成整个图形
Region	Reg	将封闭区域创建为面域
Rename	Ren	修改对象名
Rotate	Ro	旋转对象
Save		用当前或指定文件名保存图形
Saveas		图形另存
Scale	Sc	缩放对象
Sketch		徒手画线
Snap	Sn	控制光标的栅格捕捉方式
Solid	So	创建实体填充的三角形和四边形
Spell	Sp	检查图形中的拼写
Spline	Spl	绘制样条曲线
Splinedit	Spe	编辑样条曲线或样条曲线拟合多段线
Stretch	S	拉伸对象
Style	St	创建、修改或设置命令文字样式
Stylesmanager		显示"打印样式管理器"
Subtract	Su	通过减操作创建选定的面域
Text	Dt	创建单行文字
Textscp		打开 AutoCAD 文本窗口

续表

命　令	简　令	命　令　说　明
Tolerance	Tol	形位公差标注
Toolbar	To	显示、隐藏和自定义工具栏
Trace		创建实线
Trim	Tr	修剪对象
Undo		放弃原来的操作
Union	Uni	通过和操作创建选定的面域
Units	Un	控制坐标和角度的显示格式和精度
Vports		创建多个窗口
Wblock	W	将对象或块写入当前图形文件
Xline	Xl	绘制构造线
Xplode		将组合对象分解成若干基本对象
Zoom	Z	放大或缩小显示当前视口中对象的外观尺寸

参 考 文 献

1. 蒋晓. AutoCAD 2007 中文版机械制图实例教程. 北京：清华大学出版社，2007.

2. 姜勇，程俊峰，郭英文. AutoCAD 2006 中文版基础教程. 北京：人民邮电出版社，2007.

3. 吴目诚，吴秉柔. AutoCAD 设计制图应用基础教程. 北京：中国铁道出版社，2007.

4. 赵大兴. 工程制图. 北京：高等教育出版社，2004.

5. 李涛. 学用 AutoCAD 2000. 北京：清华大学出版社，2000.

6. 张峰. AutoCAD 2006 入门与提高. 西安：西北工业大学音像电子出版社，2006.

7. 梁珣. AutoCAD 2007 绘图与辅助设计教程. 北京：清华大学出版社，2007.

8. 管殿柱. AutoCAD 2007 机械制图. 北京：机械工业出版社，2007.

9. 张爱梅，巩奇，赵艳霞等. AutoCAD 2007 计算机绘图实用教程. 北京：高等教育出版社，2007.

10. 戎马工作室. AutoCAD 2007 机械绘图完全新手学习手册. 北京：机械工业出版社，2007.

11. 侯洪生. 计算机绘图实用教程. 第 1 版. 北京：科学出版社，2005.

12. 袁峰，孙明等. AutoCAD 2007 机械制图技术与实践. 北京：电子工业出版社，2007.

13. 刘朝儒，吴志军，高政一. 机械制图. 第 5 版. 北京：高等教育出版社，2006.

14. 史宇宏等. 边用边学 AutoCAD 2007 中文版机械设计. 北京：人民邮电出版社，2007.